Rechercheur De Klerck en het duivelse spel

P. DIEUDONNÉ

Rechercheur De Klerck

en het duivelse spel

Deel 2 in de *De Klerck*-serie

E-Pulp Publishers

Met dank aan de vriendelijke mensen van de uitgeverij die me over de schaduwkanten van het boekenvak vertelden. Ik luisterde met rode oortjes! De meeste voorbeelden in dit boek zijn uit het leven gegrepen.

1e druk, maart 2020
2e druk, oktober 2020
3e druk, februari 2022

Rechercheur De Klerck en het duivelse spel is een uitgave van uitgeverij E-Pulp Publishers

Omslagontwerp & lay-out: Jan van den Boogaart
Omslagbeeld: Dion Doornik
ISBN: 978-94-92715-46-3 (paperback)
ISBN: 978-94-92715-47-0 (e-book)
NUR 331

www.e-pulp.nl
www.rechercheurdeklerck.nl

1.

Buiten joeg een ijzige, schrale wind langs de ramen van het Rotterdamse hoofdbureau aan het Doelwater. Binnen boog Lucien de Klerck zich over het toetsenbord en speurde naar de toets met het dollarteken. Tevergeefs. Misschien lag het aan zijn vermoeide ogen, het was immers al laat. Nog even en zijn avonddienst zat erop en kon hij naar huis. Morgen, zondag, had hij een vrije dag.
Ver hoefde hij gelukkig niet. Vanwege de winter, die onverwachts streng was, hadden Annie en hij hun woonschip in het centrum van de stad afgemeerd. Sinds november lagen ze in de Oude Haven, aan de voet van het imposante Witte Huis en vlak bij het befaamde visrestaurant van de Urker Reindert Post aan het Gelderseplein.
Eerst moest hij een proces-verbaal voltooien ter afronding van een verduisteringszaakje. Een internationale handelsfirma was erdoor getroffen. Forse bedragen waren weggesluisd naar buitenlandse rekeningen. Bedragen in euro's… Britse ponden… Amerikaanse dollars… Weer speurde hij het toetsenbord af naar de hoofdletter S met het verticale streepje.
Haast had De Klerck niet. Sinds ze in de Oude Haven lagen, stond Annie in de tot kombuis omgebouwde keuken van Reindert Post. Ook zij had vanavond dienst, maar kokkerellen was haar liefhebberij. Zij kon toveren met allerlei vissoorten, kruiden en specerijen. Wat zij de gasten van Post voorschotelde, waren de allerheerlijkste delicatessen.
Rechercheur De Klerck keek op. De minutenwijzer van de klok in de recherchekamer stond bovenaan, draaide al wat voorbij de twaalf. Vanachter zijn bureau kwam de hoogblonde Ruben Klaver omhoog. De jonge speurder sperde zijn mond wijdopen voor een lang onderdrukte gaap en rekte zich behaaglijk uit.
'Jij gaat?' informeerde De Klerck.
Zijn jonge assistent knikte, grijnzend.
'Ik kan niet naar huis wandelen, zoals jij. Josina blijft op tot ik thuis ben.' Hij gebaarde naar de monitor van zijn leermeester. 'Jij wilt eerst dat proces-verbaal af hebben?'
De Klerck zuchtte en knikte.

'Hulp nodig?' vroeg Klaver zorgelijk.
'Van jou?' Het klonk wat schamper.
Ruben Klaver grinnikte.
'Dan laat ik je met een gerust hart achter. Tot maandag.'
'Tot maandag.'
De jonge rechercheur schoot zijn dikke parka aan, trok de kraag wat op en beende met een laatste groet naar de uitgang. Met een bons trok hij de deur achter zich dicht.
Lange tijd verbrak alleen de onstuimige wind de rust in de rechercheekamer, aangevuld met het geroffel van De Klercks vingers op het keyboard. Langzaam maar gestaag vorderde hij.
Uit een lade van zijn bureau steeg het geluid als van een klagende misthoorn op. De Klerck trok geërgerd de lade open en viste daaruit zijn smartphone. Het was de wachtcommandant. Een jonge vrouw wilde hem spreken.

De vrouw die hem in de hal van het hoofdbureau opwachtte, had blosjes van de koude. De Klerck schatte haar op rond de dertig. Ze zag er opgewonden, geagiteerd uit. Ze perste haar vuurrood gestifte lippen op elkaar, haar wenkbrauwen trokken zich fel samen. Toch constateerde hij dat ze mooi was. Uitzonderlijk mooi. Ze had een ovaal gezicht met verfijnde gelaatstrekken en helderblauwe, amandelvormige ogen. Een weelde van kastanjebruin haar golfde over haar felrode mantel. In haar handen klemde ze een zwartleren tasje. Toen ze de Rotterdamse speurder in het oog kreeg, klaarde haar gezicht op. Ze deed enkele stappen in zijn richting.
'U bent meneer De Klerck?' vroeg ze met een hese stem.
'Ja.'
'Ik wil aangifte doen. Ik word geterroriseerd. Mijn bestaan is in gevaar.'
'Door… eh, door wie verkeert u in gevaar?'
'Door een concurrent… een rivaal. Kan ik aangifte doen?'
'Jazeker. Loopt u maar mee.'
Alle aangiftekamertjes in het hoofdbureau waren op dit late tijdstip vrij. De Klerck bood de jonge vrouw een stoel aan. Ze knoopte haar mantel los en liet zich op de stoel zakken. Ze sloeg haar benen bevallig over elkaar.

Hij nam achter de desk plaats en knikte haar vriendelijk toe.
'Met wie heb ik het genoegen?'
Haar gezicht ontspande zich.
'Laurette,' zei ze met zachte stem. 'Laurette Kasemier... uit Dordrecht.'
Ze trok de sluiting van haar tasje los. Even graaide Laurette erin en legde toen met een gracieuze beweging iets voor Lucien de Klerck neer.
Ze keek hem vragend aan.
'Is dit troep, meneer De Klerck?'
De Rotterdamse speurder trok zijn wenkbrauwen iets op. Voor hem lag een pocketboek met een felgekleurde cover. Het beeldde een stelletje af in een erotische pose. De vrouw, een meisje nog maar, droeg nauwelijks verhullende kleding. De man boog zich begerig, met getuite lippen, over een halfontblote borst.
De Klerck was niet preuts, maar in een boekwinkel zou hij hieraan toch snel voorbij lopen. Dat uitdagende... dat sensuele... hoefde voor hem niet zo.
'Een kleurrijke voorkant,' sprak hij diplomatiek.
Laurette Kasemier knikte opgewekt. Ze scheen het op te vatten als een compliment. Haar gezicht straalde van trots.
'Ik ben de uitgeefster van dit boek. Ik breng romantische fictie uit. Echte feelgoodromans voor een voornamelijk vrouwelijke doelgroep.'
'Een mooi vak?' informeerde De Klerck.
'Ik ken geen mooier vak,' antwoordde de jonge uitgeefster stralend. 'Met mijn auteurs proberen we producten uit te brengen waarmee we onze lezeressen een heerlijke tijd bezorgen. Maar het is ook een hard vak met een hoog afbrandrisico.'
De Klerck knikte begrijpend.
'Hangt uw klacht daarmee samen?'
Laurette Kasemier liet een diepe zucht ontsnappen.
'Ondernemen is risico's nemen,' sprak ze wijsgerig. 'Dat snap ik heel goed. Ik ben daartoe bereid. Soms gaat het goed... meestal minder.'
'U hebt veel tegenspoed?'
'Dat mag u wel stellen, ja,' zei ze hoofdknikkend. 'Mijn uitgeverijtje

Amor Vincit Publishing bestaat nog niet heel lang. Boekwinkels kennen mijn bedrijfje nog niet. Ze kopen mijn boeken niet in. De klanten, de lezers, moeten mij ook nog vinden. Door heel hard te werken probeer ik het hoofd boven water te houden.'
De Klerck keek haar onderzoekend aan.
'Zit u in de rode cijfers?'
Laurette Kasemier slikte hoorbaar. Ze liet haar hoofd zakken.
'Het is loodzwaar. Hoe kan ik een bestaan opbouwen, zo vraag ik me vertwijfeld af. Overal krijgen de grote, literaire uitgeverijen voorrang. Ik tel niet mee.' De uitgeefster zuchtte. Plots hief ze haar kin uitdagend op en keek op met felle, strijdlustige ogen. 'Maar ik geef niet op. Nooit.'
Ze tikte met een gelakte nagel op haar kleurrijke uitgave.
'Er is een markt voor mijn prachtige romans, dat weet ik zeker. Door te ploeteren wil ik mijn plek op die markt veroveren. Daarom ben ik bereid de tegenslagen onder ogen te zien. Dat een rivaal mij het leven zuur maakt, is van een heel andere orde. Die nare man wil mij kapotmaken… mij uit de markt stoten. Al maandenlang terroriseert hij mij.'
De Klerck knikte traag.
'Terroriseert… een zwaar woord.'
De uitgeefster schoot naar voren op haar stoel.
'Maar volledig van toepassing, meneer De Klerck. Hij past gemene tactieken toe. Elke keer als ik op Facebook reclame maak voor mijn boeken, staat hij gereed om mijn werk met kleinerende opmerkingen belachelijk te maken… te bespotten… neer te sabelen. Hij creëert een negatief, destructief sfeertje rond mijn uitgaven.'
'Hoe?'
'Neem deze pocket,' zei Laurette Kasemier, heftig tikkend op de kaft. 'Ik deelde een jubelende recensie van een blog. Die bespreking had de verkoop van dit boek een flinke slinger kunnen geven. Maar die akelige man nam net dat ene zinnetje uit de recensie dat minder positief was. Een commentaar op de cover.'
'Hoe reageerde hij?'
De jonge uitgeefster kreeg een kleur.
'Hij schreef dat hij ook bij de eerste oogopslag al zag dat het boek niet professioneel was uitgegeven. Inferieur, noemde hij het. Er zijn

altijd van die akelige mannen die zo'n boude bewering ondersteunen. En, voilà, er ontstaat een negatief sfeertje. En zo gaat het al maandenlang. Niets van wat ik doe, is in zijn ogen goed. Mijn bestaan wordt onmogelijk gemaakt, het is pure broodroof. Ik ga eraan kapot.'
Er blonken tranen in haar ooghoeken.
De Klerck wreef over zijn stoppelige kin.
'Dat zal toch niet gebeuren?' reageerde hij vertwijfeld.
Laurette Kasemier knikte fel.
'Ik kan nergens mijn mooie boeken onder de aandacht brengen of hij duikt op met negatief commentaar. En maar snoeven over zichzelf. De uitgaven van zijn firma, die zijn wel geweldig. Het is zo... sadistisch. Ik ben hem spuugzat!'
'Dat kan ik me voorstellen,' sprak de Rotterdamse speurder meelevend.
'Eerst heb ik het een tijdje genegeerd, in de hoop dat het vanzelf zou ophouden. Dat gebeurde niet. Daarna heb ik hem gemaild en verzocht te stoppen.'
'Hij stelde zich niet inschikkelijk op?'
Laurette Kasemier schudde haar hoofd.
'Ik verdenk hem er zelfs van mijn account te willen kraken,' ging ze verder. 'Er zijn al verscheidene pogingen gedaan. Als hij erin slaagt mijn profiel over te nemen, kan hij nog veel meer schade aanrichten. Dit moet echt stoppen. Daarom wil ik aangifte doen. Het is toch ook strafbaar? Het ene bedrijf mag een ander bedrijf toch niet belachelijk maken? Digitale stalking... smaad... laster, welke term dan ook. U weet dat vast veel beter.'
Rechercheur De Klerck wreef nadenkend over zijn stoppelige kin. Hij raadpleegde zijn horloge. Zijn dienst zat er inmiddels al een uur op.
'Wat ik niet begrijp, is dat u nu komt.'
Haar wenkbrauwen trokken zich samen.
'Zo laat, bedoelt u?'
De Klerck knikte.
'Als het u zo hoog zit, waarom kwam u vandaag dan niet eerder?'
De uitgeefster zuchtte.
'Om uit de rode cijfers te komen, maak ik lange dagen. Ook 's

avonds en in het weekend werk ik. Vanavond viel hij me weer lastig. Dat was de spreekwoordelijke druppel.'
'Goed, vertel eens, wat is de naam van deze rivaal?'
'Stefan le Couvreur,' antwoordde Laurette Kasemier. 'Hij is de uitgever van Burgman & Pijffers, een uitgeverij die al sinds 1958 bestaat. Ze geven zelf pulp uit, dat staat op hun website. Pulp! Troep! Wacht, ik zal u het adres geven.'
Ze opende haar tasje opnieuw en tastte erin. Ze legde een notitieblokje op de desk. Met een zilverkleurige pen schreef ze. Ze trok het bovenste velletje los en schoof het rechercheur De Klerck toe. In donkerroze inkt en met sierlijke krullen stonden de naam en het adres van Burgman & Pijffers. Het was een Rotterdams adres, niet ver van het hoofdbureau.
De Klerck keek naar haar op.
'Kent u Stefan le Couvreur? Persoonlijk, bedoel ik.'
Ze schudde haar hoofd.
'Ik vrees dat mijn ex erachter zit,' zei ze. Haar stem klonk plots weer hees. 'Ik verliet hem negen weken geleden… wegens zijn ontrouw. We zitten in een onverkwikkelijke echtscheidingsprocedure.'
'Wat naar. Hoe kent uw ex hem?'
'Stefan le Couvreur is een zakenrelatie. Ik denk dat mijn ex via hem mijn leven tot een hel wil maken. Dat geeft aan deze ellende een persoonlijk tintje.'
Rechercheur De Klerck knikte bedachtzaam.
'Zou het dan niet beter zijn als u met Le Couvreur sprak?' opperde hij. 'Het is lastiger iemand te treiteren die je persoonlijk kent. Zijn opinie kan wel eens veranderen als hij u in levende lijve ontmoet. Amor Vincit Publishing, zo heet uw onderneming, toch? Amor vincit… liefde overwint!'
Laurette Kasemier knikte, zichtbaar geroerd.
'Goed, dat zal ik doen.'

Toen Lucien de Klerck twee dagen later 's morgens naar het hoofdbureau wandelde, was de ijzige wind 's nachts eindelijk geluwd. Een vriendelijk winterzonnetje deed de kleurrijke appartementen aan de overzijde van de Delftsevaart in het bevroren water weerspiegelen.
Met energieke stappen beklom De Klerck de trappen en stapte de

recherchekamer binnen. Zijn trouwe assistent, Ruben Klaver, zat op zijn vaste plek.
De jonge rechercheur keek De Klerck aan. Hij grijnsde breed.
'Heb je inspiratie nodig?' vroeg hij spottend. 'Of fantaseer je over een wilde romance? Moet Annie zich zorgen maken?'
De Klerck trok zijn wenkbrauwen hoog op.
'Wat bedoel je?'
Klaver gebaarde naar het bureau van zijn mentor.
'Had ik van jou niet verwacht, Lucien. Bleef je daarom zaterdagavond plakken? Wilde je stiekem lezen nadat iedereen was vertrokken? Niet zo snugger om het boek dan zo open en, eh... heel erg bloot te laten liggen.'
Op het bureau lag de pocket met de erotiserende coverillustratie.
De Klerck sloeg theatraal een hand voor zijn mond.
'Glad vergeten. Ik zou het inpakken... als cadeautje voor mijn gewaardeerde collega.' Hij wuifde in de richting van Klaver. 'Dit is toch jouw favoriete literatuur?'
Ruben Klaver lachte.
'Ik heb Josina. Daar kan geen pocket tegenop. Zeg eens, hoe kom je eraan?'
Rechercheur De Klerck liet zich achter zijn bureau zakken. Hij deponeerde zijn smartphone in een bureaulade. Hij hield er niet van gestoord te worden, al helemaal niet door de onzinnige appjes van collega's.
'Gekregen van een bloedmooie dame.'
Klaver snoof.
'Maak dat een ander wijs,' sprak hij ongelovig.
'Echt een bekoorlijke jongedame, van uitbundige schoonheid. Kastanjebruin, golvend haar... mooie ogen... goed figuur. Ze kwam me zaterdagavond opzoeken, net toen jij was vertrokken.'
De jonge rechercheur grinnikte.
'In je dromen zeker.'
De Klerck schudde kalm zijn hoofd.
'Laurette Kasemier uit Dordrecht. Zij is de uitgeefster van deze pocket. Ze kwam aangifte doen.'
'Waarom hier? Waarom niet in haar woonplaats?'
'Dat heb ik haar niet gevraagd. Ik veronderstel omdat haar klacht

betrekking heeft op een firma hier in de stad. Een concurrent valt haar op Facebook lastig, haalt het bloed onder haar nagels vandaan.'
Klaver schoot overeind en griste de pocket weg.
'Amor Vincit Publishing,' las hij hardop. 'Nooit van gehoord.'
'Haar uitgeverijtje bestaat nog niet zo heel lang.'
'En de concurrent? Wie is dat?'
'Stefan le Couvreur, van het deftig klinkende Burgman & Pijffers. Een vermaarde firma sinds 1958. Ze zitten vlakbij, aan het Weena. Uitgevers van pulp.'
De ogen van Klaver werden groot.
'Pulp? Dat is toch waardeloze rotzooi? Schadelijk voor de publieke moraal?'
De Klerck schudde krachtig zijn hoofd.
'Pulp is een term die teruggaat naar de jaren twintig van de vorige eeuw. De benaming werd gebruikt voor tijdschriften gedrukt op goedkoop pulppapier. De magazines specialiseerden zich in de meer fantasierijkere genres. Gedurfde verhalen. Sensatie. Vrouwen in nood die gered worden door heldhaftige heren.'
Klaver snoof.
'Troep, dus.'
De Klerck schudde opnieuw krachtig zijn hoofd.
'Ook gevierde, literaire auteurs waagden zich, onder een pseudoniem, aan pulpverhalen. Er werd goudgeld mee verdiend. Sommige tijdschriften haalden oplages tot een miljoen stuks. Ze hadden een belangrijke, maatschappelijke functie. Niet literaire schrijvers, maar pulpschrijvers kregen het gewone volk aan het lezen.'
'Echt waar? Nooit geweten.'
'Tijdens de Tweede Wereldoorlog stortte de markt in. Papiertekorten. Na de oorlog kwamen de pulpromans. Pulp staat tegenwoordig in toenemende mate in de belangstelling. Een hedendaagse schrijver als Dan Brown wordt door velen gezien als pulpschrijver.'
Klaver keek verrast op.
'Dat wist ik helemaal niet. Dan Brown is uiterst succesvol.'
De Klerck knikte nadrukkelijk.
'Wat bewijst dat het pulpverhaal nog altijd populair is.'
'Als je zo goed weet wat de oorsprong van pulp is, ben je dan bekend

met Burgman & Pijffers?'
'De naam doet wel een belletje rinkelen. Ze hebben in de jaren zestig grote successen geboekt. Ik heb, geloof ik, aan boord enige van hun pockets.'
Klaver keek zijn oudere collega afwachtend aan.
'En?'
'Wat en?'
'Ga je optreden tegen die pulpuitgever?'
'Ik heb Laurette aangeraden zelf het gesprek aan te gaan.'
'Kom je niet op voor die bekoorlijke jongedame?' protesteerde Klaver quasi-serieus. 'Ze kwam hier, op zoek naar een heldhaftige heer. Ben je niet voor haar verleidende avances bezweken?'
De mondhoeken van De Klerck krulden op.
'Nog niet. Ze mag best nog eens langskomen en het proberen. Dan…'
Vanuit de diepte van zijn bureau klonk een misthoorn.
De Rotterdamse speurder rukte de lade open. Het was de wachtcommandant. Na afloop van het gesprek stond hij op. Hij keek Klaver aan.
'Er ligt een dode in een woonhuis aan de Straatweg.'

2.

Met een kalm vaartje loodste De Klerck de rechercheauto door het drukke stadsverkeer. Hij droeg een lichte zonnebril. De uitbundige zon schitterde op de ruiten van andere auto's. Door een aangeboren oogafwijking kon De Klerck ultraviolette straling in zonlicht niet verdragen. Gelukkig was de winterzon niet krachtig genoeg om echt hinderlijk te zijn. De zomerzon was een regelrechte kwelling, vooral omdat hij zo van het buitenleven genoot.
Ruben Klaver, naast hem, keek opzij.
'De Straatweg? Dat is toch in het deftige Hillegersberg?'

De Klerck knikte.
'Bij de Bergse Plassen. Geliefd bij de welgestelde Rotterdammer.'
Via de Bergweg, onder het viaduct onder de A20 en door Het Muizengaatje onder de spoorlijn, bereikten ze Hillegersberg-Zuid.
De Straatweg was de lange weg die Hillegersberg-Zuid met Hillegersberg-Noord verbond, dwars door de Bergse Plassen. Door de dichte bebouwing was er echter bijna nergens water te bekennen. Kolossale herenhuizen en fraaie villa's trokken aan hen voorbij.
De Klerck nam gas terug toen ze het nummer naderden.
Aan de rechterkant was een grauw, somber huis met spitse gevel. Het stak wat schraal af bij het buurhuis, een immense villa met trapgevel en, meer naar achteren, een deftig torenspitsje.
De Klerck parkeerde langs de weg, achter een patrouillewagen. Bij het uitstappen keek hij op naar de buurwoning en ontwaarde iemand achter een slaapkamerraam. Een hoogblonde vrouw sloeg hen met bezorgde blik gade.
Beide rechercheurs sjokten het erf op. Grind knarste onder hun voeten. Rechts stond een klein blauw autootje naast een zilverkleurige BMW geparkeerd.
Een agent met een snor kwam hen haastig tegemoet.
'Het is aan de achterzijde,' zei hij.
'Is het moord?' vroeg De Klerck.
De agent knikte.
'Het slachtoffer is de bewoner, Van Bokhoven. Hij is… eh, vermoedelijk doodgeschoten.'
'Van Bokhoven? De notaris?'
'Kent u hem?'
De Klerck knikte.
'Van naam. Ik meen dat Ewout van Bokhoven kantoor houdt in Hillegersberg-Noord. Wie heeft hem gevonden?'
'Een vrouw die beweert dat ze hoognodig weg moet. Ze zegt dat ze voor Van Bokhoven werkt. Ik heb haar gevraagd op u te wachten.'
'Prima. Is Forensische Opsporing al gewaarschuwd?'
'De wachtcommandant zou daarvoor zorgen. De schouwarts kan elk moment komen.'
De Klerck knikte goedkeurend.
'Laten we eens kijken.'

Aan de achterzijde was een glazen uitbouw, een serre, waarvan de schuifpui open stond. Bij de ingang stond een jonge collega van de besnorde agent stram in de houding. Een jonge vrouw beende ongeduldig op het terras heen en weer, haar handen diep in de zakken van haar trenchcoat gestoken. Ze draaide zich om haar as en keek verstoord op. Toen ze hen zag, tekende opluchting zich af op haar gelaat. Ze spoedde zich naar de beide rechercheurs, haar handen geheven in een vragend gebaar.
'Bent u van de recherche?' vroeg ze vriendelijk. 'Kan ik nu gaan?'
Met een onderzoekende blik nam De Klerck de vrouw op. Hij schatte haar op eind twintig. Ze was geen schoonheid. Ze had harde, donkere ogen, een te grote neus en een ongelijkmatig gebruind gezicht. Haar donkere haren waren dof en lagen futloos op haar hoofd.
'En u bent?' vroeg hij niet onvriendelijk.
Haar glimlach was star, beroepsmatig.
'Loes… Loes van Voorthuijsen. Ik ben de klerk van Ewout van Bokhoven.'
'U hebt hem ontdekt?'
Ze knikte droef.
'Hij kwam vanochtend niet naar kantoor. Het verbaasde me. Om halfelf had hij een afspraak en hij vergat nooit afspraken. Op zijn smartphone zit een appje dat hem twee keer aan een afspraak herinnert. Eerst twee uur van tevoren, daarna vijf minuten voor tijd. Op mijn smartphone zit hetzelfde appje. Ze zijn gesynchroniseerd. Ik kreeg de eerste melding. Omdat de notaris niets liet horen, belde ik hem. Vergeefs. Ik ben in mijn auto gestapt. En toen… en toen…'
Loes van Voorthuijsen zweeg. Ze bleef uiterlijk opmerkelijk kalm.
'Is het blauwe autootje van u?'
Ze knikte.
'Woonde uw werkgever alleen?'
'Sinds enige tijd. Hij en zijn vrouw waren uit elkaar.'
'Hebt u eerst bij de voordeur aangebeld?'
'Natuurlijk,' reageerde ze geprikkeld. 'Er kwam geen reactie. Daarom liep ik achterom.'
'Stond de achterpui open?'
Ze knikte opnieuw.

'Daardoor heb ik hem ontdekt. Maar kan ik nu gaan? Ik moet echt terug. Over tien minuten is die afspraak van halfelf. Het is zo vervelend als iemand voor een dichte deur staat. Als u mij meer vragen wilt stellen, kom dan naar de Hilleniussingel, schuin tegenover de Hillegondakerk.'
De Klerck maakte met een handgebaar duidelijk dat ze kon gaan. Loes van Voorthuijsen maakte zich schielijk uit de voeten.
De Klerck voelde een blik in zijn nek prikken. Hij keek schuin achterom, naar de nabijgelegen villa. De hoogblonde die hij eerst aan de voorzijde had opgemerkt, hield hem nu vanuit een andere kamer in de gaten. De Klerck bedwong de impuls om zijn hand groetend op te steken.
'Blijf jij hier,' zei hij tegen Klaver. 'Ik neem binnen een kijkje.'
Het was voorschrift dat alleen leden van de dienst Forensische Opsporing en de schouwarts een plaats delict betraden. Rechercheur De Klerck begreep dat best. Maar hij liet zich liever niet de kans ontnemen de plek des onheils te zien, voor anderen haar bepotelden. Niets was zo motiverend, zo stimulerend voor het onderzoek als de aanblik van het kwaad. Hij had die stimulans nodig om de zaak tot een goed einde te brengen.
Om de plaats delict niet met zijn sporen te besmetten, trok De Klerck een beschermende, stofvrije overall aan, deed hoesjes om zijn schoenen en stak zijn handen in handschoenen van nitrilrubber.
Hij stapte de woning binnen. Door de grote ramen en de ochtendzon was de serre helder verlicht. De Klerck keek om zich heen. Geopende schuifdeuren verbonden het vertrek met een gezellig ingerichte woonkamer. Het was er aangenaam. De gordijnen waren nog gesloten voor de nacht. De Klerck bevoelde een radiator. Koud. Diepe fauteuils stonden in een halve kring gegroepeerd om een open haard. Het vuur was allang gedoofd.
In de middelste fauteuil zat, onderuit en een beetje scheefgezakt, een lange man met kortgeknipt, donker haar. Zijn benen waren uitgestrekt naar de haard. Hij droeg een net, donkerblauw kostuum. De stropdas was losgetrokken.
De Klerck duwde zijn duimen in zijn oksels, de andere vingers omklemden zijn bovenarmen. In deze houding keek hij op de man neer. Hij schatte hem op begin veertig. De ontspannen houding

was bedrieglijk. Ewout van Bokhoven was morsdood, zo te zien al enige tijd daar de lijkstijfheid zichtbaar was ingetreden.
Rechercheur De Klerck hoefde niet lang te zoeken naar de doodsoorzaak. Het was een gruwelijke aanblik. Een zilverkleurig voorwerp was via de linkeroogkas het hoofd binnengedrongen, dwars door het geloken bovenste ooglid. Alleen een tipje van het wapen stak nog naar buiten. De oogbal was gereduceerd tot een ingezakt, lek geprikt zakje. Oogvocht en bloed waren uit het oog gespat en kleefden half opgedroogd aan de randen van de kas.
De Klerck boog zich wat naar voren om het voorwerp te bestuderen.
'Het lijkt wel een pen,' dacht hij bij zichzelf.
Met kennersblik constateerde hij dat het een Parker was, herkenbaar aan het beeldmerkje op het knopje: een pijl en boog.
Een boekje lag opengeslagen en omgekeerd op een laag tafeltje naast de fauteuil. De Klerck beschouwde het tafereeltje. Het zag er onschuldig uit. Het leek alsof de dode notaris eerst had zitten lezen, om het boekje even opzij te leggen en een uiltje te knappen. Hij zag zijn dood niet aankomen.
De Rotterdamse speurder bekeek het boekje, een pocket. Op de cover stond een angstig kijkende, blonde vrouw met een diep decolleté, de handen afwerend opgeheven. Een man, waarvan alleen het silhouet zichtbaar was, richtte een kruisboog op haar.
Plots hurkte de Rotterdamse speurder en bestudeerde de omslag nader. Hij had het niet verkeerd gezien. In plaats van een pijl lag er op de kruisboog een zilverkleurige pen.
De Klerck strekte zijn rug en spitste zijn oren. Hij meende iets gehoord te hebben. Een piepje. Het kwam uit de richting van een deur die op een kier stond. De Klerck duwde tegen het hout.
Hij stapte een hal in.
Op een lage kast lag een mobiele telefoon. In de display stond een tekst. De Klerck boog zich voorover. Het was een melding die Ewout van Bokhoven aan een afspraak over twee uur moest herinneren.
"12.30 uur. De Klerck ivm jonge K."

Dokter Goldschmitz, de nog jonge schouwarts van de regionale politie-eenheid Rotterdam, wandelde het achtererf op. In zijn hand torste hij zijn zwartleren dokterstas. Met zijn olijfkleurige huid, gekromde neus en glanzend zwarte, achterovergekamde haren deed hij De Klerck altijd denken aan een bekend filmacteur van vijftig jaar geleden.

De Rotterdamse speurder stapte op hem af en schudde hem hartelijk de hand.

Dokter Goldschmitz keek ernstig.

'Is het waar? Is het notaris Van Bokhoven?'

De Klerck knikte.

'Ken je hem?'

'Ik heb laatst een huis gekocht,' verduidelijkte de schouwarts. 'Van Bokhoven was bij het sluiten van de koopovereenkomst betrokken. Een competente notaris.'

Dokter Goldschmitz trok de voorgeschreven stofvrije overall aan en deed hoesjes over zijn schoenen. Met een kapje voor zijn mond betrad hij de woning.

Geanimeerde stemmen kondigden de komst van de medewerkers van de dienst Forensische Opsporing aan. Voorop, met rollende lach, liep Oscar Kamp. Hij hielp met het sjouwen van de fotografische apparatuur van Jeanne Jonker.

'Wat hoor ik,' riep Oscar Kamp opgewonden met zijn kenmerkende Rotterdamse r's en g's. 'Is het de notaris van Hillegersberg?'

De Klerck knikte.

'Van het notariskantoor aan de Hilleniussingel.'

'Dan hoop ik dat-ie tijdig aan zijn eigen testament heeft gedacht,' reageerde de technisch rechercheur luchtig.

Het klonk nogal lomp.

Hoewel hij de humor niet kon waarderen, wist De Klerck dat Oscar Kamp het zo kwaad niet meende. Ieder mens reageerde anders op stressvolle situaties, zoals een moord nu eenmaal was. Kamp bouwde met humor een inwendig pantser zodat hij straks met professionele onbewogenheid de plaats delict tegemoet kon treden.

Jeanne Jonker gaf hem een goedmoedige por.

'Heb jij al aan mij gedacht, Oscar?' vroeg de forensisch fotografe.

Kamp grijnsde breed.

'In mijn testament, bedoel je? Wat wil jij dan van mij hebben, Jeanne? Mijn complete collectie uitgelekte theezakjes? Of toch de lege bierblikjes? Je kunt ze nu al krijgen, hoor. Is mijn innig geliefde

echtgenote blij eindelijk van dat rotzooitje verlost te zijn.'
Het onafscheidelijke duo hees zich in de steriel verpakte overalls.
Dokter Goldschmitz stapte door de geopende pui naar buiten. De schouwarts zag bleek. Hij trok het mondkapje van zijn hoofd en wurmde zich uit zijn overall. Toen hij ook de handschoenen had afgestroopt, tastte hij met zijn rechterhand in zijn jaszak. Hij haalde een pakje kauwgom tevoorschijn en trok er een plakje uit. Nadat hij de kauwgom uit de zilverkleurige folie had gepeuterd, vouwde hij het plakje tot een kubusje en deponeerde het in zijn mond. Hij kauwde enige tijd tevreden.
De Klerck stapte op hem toe.
'En? Wat zijn je bevindingen?'
'Hij is overleden,' begon Goldschmitz met het belangrijkste. 'Al enige tijd. De lijkstijfheid is algemeen en hij voelt al koud. Ik schat dat hij tien tot twaalf uur dood is.'
De Klerck knikte begrijpend.
'Dan moet hij gisteravond laat zijn gestorven. Dat stemt overeen met zijn kleding. Hij is niet naar bed geweest.'
'Zijn er sporen van braak?' informeerde dokter Goldschmitz.
'Dat hebben we nog niet geconstateerd. Gezien het onstuimige, ijskoude weer van gisteravond zal de schuifpui niet open hebben gestaan toen de dader kwam. Het lijkt alsof hij via die route de woning verliet.'
'Ewout van Bokhoven moet hem hebben binnengelaten,' meende de schouwarts. 'Hoe dan ook, dat is jouw terrein.'
'Wat kun je zeggen over het moordwapen?' vroeg De Klerck.
Dokter Goldschmitz huiverde.
'Een Parker. Met dodelijke precisie in het oog gedreven. De sectie zal aantonen wat het effect daarvan was. Ik vermoed dat de pen een verwoestende werking op de hersenen had. Een inwendige bloeding is hem fataal geworden.'
Rechercheur De Klerck keek de schouwarts onderzoekend aan.
'Is hij doodgestoken of doodgeschoten?'
'Een moeilijk geval,' bekende Goldschmitz peinzend. 'Dat boekje ernaast is uiterst suggestief. Een Parker heeft een stalen punt. Ja, ik geloof dat je die met een kruisboog kunt afschieten. Er is niet eens veel kracht voor nodig. Een zwakgebouwde vrouw zou het kunnen.

Ik zal ook om een toxicologisch onderzoek verzoeken.'
'Hoezo?'
'Ik ben er vrijwel zeker van dat een sterk verdovend slaapmiddel is gebruikt. Daardoor merkte hij er niets van dat iemand een kruisboog op hem richtte. Een schrale troost voor de nabestaanden. Zonder bij te komen is hij gestorven.'

3.

Nadat de schouwarts met een groet was vertrokken, blikte rechercheur De Klerck omhoog. Opnieuw ontwaarde hij de spiedende buurvrouw achter het raam.
Hij knikte betekenisvol naar haar.
'Misschien heeft zij iets gezien,' zei hij tegen Ruben Klaver. 'Blijf jij hier?'
Hij slenterde om het huis naar de weg.
Een sierlijk, smeedijzeren hek scheidde het erf van de openbare weg. Het was elektronisch vergrendeld. Aan de linkerzijde vond De Klerck een intercom. Hij wilde op het knopje drukken, maar op dat moment draaiden de twee helften van het hek al naar binnen toe open.
Over de inrit liep hij naar een brede, stenen trap die naar een diep portiek voerde. Het plafond steunde op een zware zuil.
De dubbele deuren gingen met piepende scharnieren open. In de deuropening verscheen de hoogblonde vrouw. Ze zat in een rolstoel. Achter haar lag een indrukwekkende, met marmer belegde hal. Aan het hoge plafond hing een vergulde kroonluchter.
De vrouw zag bleek. Onzeker keek ze naar de rechercheur op.
'B-bent u van de p-politie?' stamelde ze.
Rechercheur De Klerck nam zijn zonnebril af en stak hem in zijn binnenzak.
'Mijn naam is De Klerck, en ik ben als rechercheur verbonden aan

het hoofdbureau. Mag ik even met u spreken?'
'G-gaat het over hiernaast?' vroeg ze. 'W-wat is er gebeurd? Is er bij Ewout ingebroken?'
Rechercheur De Klerck ging er niet op in.
'Mag ik binnenkomen, mevrouw?' vroeg hij beleefd.
'Neem mij niet kwalijk, ja, komt u verder.'
Hij stapte naar binnen. Na een druk op een knop sloten de deuren zich achter hem.
De hoogblonde vrouw reed voor hem uit, langs een reusachtige staande klok, naar een deftige salon aan de voorzijde van het huis. Aan de wanden hingen vaardig geschilderde landschappen in vergulde lijsten. Een grote spiegel was eveneens met goud omlijst. Het imponeerde De Klerck.
De vrouw gebaarde uitnodigend naar een stoel.
Nadat hij had plaatsgenomen, liet De Klerck zijn blik op de buurvrouw rusten. Hij schatte haar op eind veertig, misschien vijftig. Haar gelaatstrekken waren scherp, hoekig, met wat uitstekende jukbeenderen en een prominente kin. Ze was gezet, maar niet zwaarlijvig. Ze droeg een satijnen pyjama. Haar blote voeten staken in elegante slippers.
Haar handen zagen er sterk uit. Ze omklemden de hoepels van de rolstoel.
Haar blauwgrijze ogen namen De Klerck weer onzeker op.
'Wat is er met Ewout?' vroeg ze gespannen.
Opnieuw negeerde hij haar vraag. Hij keek haar vriendelijk aan.
'Om te beginnen, mag ik vragen hoe u heet?'
Haar gelaatstrekken verkrampten. De Klerck meende iets in haar ogen te zien. Was het alleen teleurstelling omdat hij haar in onzekerheid hield? Of blonk daar angst?
'Ik heet Marloes… Marloes van Ravenstein.'
'Goed, mevrouw Van Ravenstein,' sprak hij op geruststellende toon.
'U lijkt me een oplettende vrouw. Kent u uw buurman goed?'
De knokkels van haar handen trokken wit weg.
'Waarom vertelt u mij niet wat er bij Ewout is gebeurd?'
Hij maakte een sussend gebaar.
'Op dat punt kom ik zo. Hoe goed kent u uw buurman?'
Marloes van Ravenstein keek hem agressief aan.

'Waarom vraagt u mij dit als er alleen maar is ingebroken? Ik wil dat u er niet langer omheen draait, meneer De Klerck. Zeg mij, wat is er gebeurd?'
Rechercheur De Klerck zag in dat hij de onthulling niet langer kon uitstellen. Zeggen dat hij uit onderzoeksbelang daarover geen mededelingen mocht doen, had bij deze intelligente, opmerkzame vrouw geen enkele zin. Marloes van Ravenstein doorzag hem.
Hij keek haar recht aan.
'Uw buurman is gisteravond het slachtoffer geworden van een misdrijf. Tot mijn spijt moet ik u vertellen dat hij is overleden.'
'Nee!' De kreet klonk gepijnigd.
Met een doodsbleek gezicht keek Marloes van Ravenstein hem aan. Ontsteltenis tekende zich af op haar gelaat.
'Dit is niet waar,' protesteerde ze.
'Hij is al tien tot twaalf uur dood,' sprak De Klerck onverbiddelijk. 'Mag ik uit uw reactie afleiden dat u Ewout van Bokhoven goed hebt gekend?'
Marloes van Ravenstein knikte.
'Ik ken Ewout al vanaf zijn geboorte. Onze families wonen al decennia naast elkaar. Zijn vader en mijn vader waren goede vrienden. Zijn vader was voor hem notaris in Hillegersberg. Hij is jaren geleden verhuisd en Ewout nam het huis en het notariaat over.'
'En uw vader?'
'Mijn vader, of eigenlijk was hij mijn stiefvader, is in 1983 overleden. Mijn moeder, die veel jonger was, volgde een jaar geleden. Ik mis haar nog elke dag.'
'Woont u nu alleen in uw ouderlijk huis?'
Marloes van Ravenstein schudde haar hoofd.
'Ik woon hier met mijn broer. We zijn allebei ongehuwd. Voor mij is dat een uitkomst. Dat mijn broer hier ook woont, bedoel ik. Als kind liep ik door een infectie een dwarslaesie op. Vanaf het middel ben ik verlamd. Als ik mijn broer niet had…'
'Wat doet u?' vroeg De Klerck belangstellend. 'Hebt u een baan?'
Ze schudde opnieuw haar hoofd.
'Wij zijn een vermogende familie,' legde ze uit. 'Ik hoef niet te werken. Ik heb vroeger wel rechten gestudeerd, maar ik heb nooit een juridische carrière geambieerd. Ik houd mijn geest scherp met

ingewikkelde puzzels. Cryptogrammen.'
De algemene vragen hadden Marloes van Ravenstein wat tot bedaren gebracht. Rechercheur De Klerck besloot het gesprek weer op de moord te brengen.
'Hebt u gisteravond iets gehoord of gezien?'
'Eh, nee,' sprak ze aarzelend.
Hij keek haar schuins, onderzoekend aan.
'Wat dan wel?'
'Ik heb niets gezien of gehoord,' sprak ze op besliste toon. 'Het is alleen zo...'
'Ja?'
Ze keek verstoord op, naar buiten. Het toegangshek zwaaide open. Een gele sportwagen draaide het erf op en kwam abrupt tot stilstand.
De man die uit het autootje kroop, droeg een duur maatkostuum met een opzichtige, brede krijtstreep. Zijn donkerblonde haren waren strak achterover gekamd. Hij maakte in zijn voortbewegen een wat opschepperige, verwijfde indruk.
Met verende tred beende hij naar het portiek.
Een ogenblik later piepten de scharnieren van de buitendeuren.
'Hé, Marloesje, wat gebeurt er bij de buren?' galmde zijn stem vanuit de hal. 'Heb jij dat al gezien? Het wemelt er van de politie. Hé, Marloesje, waar zit je?'
Zijn hoge, luide stem verwijderde zich. Hij was kennelijk een achterkamer ingelopen in de veronderstelling Marloes van Ravenstein daar te vinden.
'Mijn broer Maarten,' beantwoordde zij de vragende blik van De Klerck.
De roepstem kwam naderbij.
'Marloe-oes, waar ben je toch? Marloetje, waar vind ik je mooie snoetje?' Een moment later ontdekte hij zijn zus in de voorkamer. 'Hé, waarom zit je daar?'
Met verende passen stapte Maarten van Ravenstein het vertrek binnen, een sterke, weeïge parfumlucht met zich meedragend. Plotseling bemerkte hij de aanwezigheid van De Klerck. Even hield hij zijn pas in. Toen beende hij resoluut naar een fauteuil en liet zich erin vallen. Het hout kraakte een protest.

Hij keek rechercheur De Klerck grijnzend aan.
'De heilige Hermandad?' raadde Maarten van Ravenstein luid, luchtig, spottend. 'Wat is er bij Ewout gebeurd? Hebben ze bij hem ingebroken? Of hebben jullie hem eindelijk op zwendel... op malversaties kunnen betrappen?'
Hij lachte luid om zijn grappig bedoelde opmerkingen.
De Klerck monsterde de man. Maarten van Ravenstein was ouder dan hij hem eerst had geschat, ouder zelfs dan zijn zus. Hun verwantschap leidde hij af uit de uitstekende jukbeenderen en markante kin. Zijn jongensachtige gedragingen maakten hem echter jeugdiger. De Rotterdamse speurder schatte hem op begin vijftig. Talrijke kraaienpootjes kronkelden in zijn ooghoeken.
Marloes van Ravenstein ergerde zich aan haar broer.
'Maarten,' sprak zij bestraffend. 'Dit is geen kwestie om geestig over te doen. Ewout is dood. Vermoord.'
'O', riep Maarten van Ravenstein onthutst. 'Dat is rot voor hem.'
Er viel een stilte waarin Marloes van Ravenstein haar broer woedend aankeek.
'Hebt u gisteravond iets gehoord of gezien?'
'Ik?' reageerde Van Ravenstein vertwijfeld. 'Het is niet mijn gewoonte na donker uit het raam te leunen om mijn buren te bespioneren. Ik wil u niettemin graag helpen. Gisteravond ben ik trouwens weg geweest, naar het casino aan het Weena.'
'Hoe laat was u terug?'
Hij haalde weifelend de schouders op.
'Ik let nooit op de tijd. Toen ik vertrok, was Ewout thuis.'
'U hebt zijn auto zien staan?'
'De BMW?' Hij fronste zijn wenkbrauwen. 'Zou kunnen. Nee, wacht, ik weet het alweer. Ewout belde naar onze huistelefoon. Rond een uur of zeven. Marloes nam op en riep mij. Zo ging het toch, Marloes?'
Marloes van Ravenstein knikte met samengeperste lippen.
'Wat had uw buurman te zeggen?' vroeg De Klerck.
'Ewout en ik tennissen... tennisten samen,' antwoordde Maarten van Ravenstein. 'Hij wilde een afspraak maken. Ik zei dat ik me nog niet goed voelde. Een oude polsblessure. Van de arts moet ik rust houden.'

'En toen?'
'Ik vroeg Ewout op mijn beurt of hij zin had naar het Weena te gaan. Hij zei dat hij nog wat werk wilde doen. Dat was ons laatste contact. Kort daarop ben ik van huis gegaan. Marloes kan dit bevestigen.'
Plots lichtte zijn gezicht op.
'Ik bedenk me ineens iets,' ging hij opgewonden verder. 'Toen ik thuiskwam, verliet iemand de inrit. Lopend. Ik zag haar even gevangen in het licht van mijn koplampen. Hoe laat was ik terug, Marloes?'
Marloes van Ravenstein fronste haar wenkbrauwen.
'Halfnegen.'
'Zo vroeg?' reageerde hij verbaasd.
De Klerck keek Maarten van Ravenstein aan.
'Herkende u haar?'
Van Ravenstein knikte.
'Het was zijn ex, die mooie meid. Ik meen haar echt te hebben herkend. Ze zag er geagiteerd uit, natuurlijk vanwege de echtscheiding die stroef verloopt. Ze liep met kwade passen weg en stak de straat over, richting de tramhalte. Volgens mij was het Laurette.'
De Klerck trok zijn wenkbrauwen iets op.
'Laurette... Laurette wie?'
'Laurette van Bokhoven, al noemt ze zich nu weer Kasemier.'

Peinzend slenterde De Klerck over het brede trottoir terug naar de woning van de dode notaris. Wat Maarten van Ravenstein hem had verteld, gaf hem stof tot nadenken. Laurette Kasemier had haar ex bezocht rond het tijdstip van zijn dood.
Twee uur geleden had hij al even aan haar gedacht toen hij de pocket naast de dode vond. De blonde vrouw op de omslag van een pulpromannetje... hij associeerde dat beeld toch direct met Laurette Kasemier en haar strijd tegen Stefan le Couvreur van pulpuitgeverij Burgman & Pijffers. Een uitgever die bovendien bevriend was met haar ex. Een ex van wie zij vermoedde dat hij haar grote rivaal aanvuurde.
Als Laurette haar ex had bezocht en kwaad was weggelopen, was zij dan de moordenares?

Het was veel te vroeg om conclusies te trekken. De Klerck had alleen het woord van Maarten van Ravenstein dat Laurette op zondagavond haar ex had bezocht. In het donker kon hij iemand anders voor haar hebben aangezien. En zelfs als zij het wel was, wilde dat nog niet zeggen dat Laurette haar echtgenoot had vermoord.
De Klerck vroeg zich af wat hij van de pocket moest denken. Hij kon zich niet voorstellen… had moeite te geloven… dat Van Bokhoven de eigenaar van het wat vergeelde boekje was. De paperback moest zijn uitgebracht lang voor de notaris het levenslicht zag. En nergens in de kamer had hij vergelijkbare uitgaven ontdekt.
Was het dan door de moordenaar achtergelaten, als schaamteloze verwijzing naar zijn moordmethode? Als Laurette de dader was, leek die actie dom, buitengewoon dom zelfs.
Op het moment dat De Klerck op het achtererf arriveerde, stapte Oscar Kamp naar buiten.
'Zo, geef mij nou maar een bakkie pleur,' sprak hij luid terwijl hij de handschoenen afstroopte. Hij keek De Klerck belangstellend aan. 'Zijn de jongens er al om de dode af te voeren? Niet dat ik last van hem heb, hoor. Zelfs met z'n goede oog keek-ie me niet op de vingers.'
'Heb je wat gevonden?' vroeg De Klerck.
'Vingerafdrukken genoeg.' Oscar Kamp grijnsde. 'Van één persoon vond ik prenten op zowel de voordeur als de schuifpui. Het wordt nog een heel klussie alles terug te brengen tot de juiste personen. Het is alleen jammer…'
'Wat?'
'Dat de dader het wapen niet wat meer heeft laten uitsteken. Er valt geen prent vanaf te halen. Maar om hem eruit te trekken, daar had ik geen trek in.'
'Je zag wat het wapen is?'
Oscar Kamp knikte opgetogen.
'Een ballpoint.' De forensisch speurder grijnsde. 'Zou het een bijzondere betekenis hebben?'
'Je bedoelt… symbolisch?'
Oscar Kamp knikte nadrukkelijk.
'The pen is mightier than the sword,' sprak hij in allerbelabberdst Engels. 'Blijkbaar vond de dader dat-ie Van Bokhoven moest af-

schrijven. Het heeft iets ironisch. Als notaris leefde Van Bokhoven van de pen. Nou is een pen zijn dood geworden.' Kamp haalde achteloos de schouders op. 'Er zijn prettigere manieren om te sterven.'

'Heb je naar dat boekje gekeken?'

Oscar Kamp knikte grijnzend.

'Lekker wijf in nood. Geen vingerafdrukken, helaas. Dus achtergelaten door de moordenaar. Het boek lag open bij een passage waarin een vrouw met een kruisboog wordt bedreigd. De dader beschuldigt haar van overspel.'

'Wie is de dader in dat boekje?'

De forensisch speurder glimlachte.

'De gemaskerde wreker.'

De Klerck keek zijn collega van Forensische Opsporing aan.

'Heb je nog gekeken of de voordeur slotvast is afgesloten?'

'Ja.'

'En?'

'De deur is niet op slot. Er zijn geen moeten of andere sporen van braak. Het slot is nog puntgaaf.'

De Klerck knikte bedachtzaam.

'Zou Van Bokhoven de dader zo hebben binnengelaten?'

Oscar Kamp trok zijn wenkbrauwen op.

'Maar die kwam toch aan de achterzijde binnen?'

Ruben Klaver sloot de schuifpui en bracht de verzegeling aan. Het werk van de dienst Forensische Opsporing zat erop, Oscar Kamp en Jeanne Jonker waren vertrokken en het lijk was afgevoerd naar het mortuarium.

De jonge rechercheur blikte opzij naar De Klerck.

'Wat gaan we nu doen? Naar het notariaat?'

De Klerck knikte. Hij raadpleegde zijn horloge. De middag was al verder gevorderd dan hij dacht. Eigenlijk werd het hoog tijd voor een maaltijd. Het rommelde in de holle spelonk van zijn maag. Hij besloot dat hij de notarisklerk toch niet langer wilde laten wachten.

'Er zit mij iets anders dwars.'

Klaver keek hem belangstellend aan.

'Wat dan?'

De Klerck vertelde hem over de afspraak met De Klerck… over de jonge K.
'Het is vreemd om zo met mijn eigen achternaam te worden geconfronteerd. Zover ik weet is mijn familienaam, met ee-er-cee-ka, tamelijk zeldzaam in Rotterdam. Ik had geen afspraak met Van Bokhoven. Dus wie bedoelde hij? En wie is de jonge K?'
Klaver maakte een vaag gebaar.
'Heb je in zijn telefoon gekeken? Misschien staan daarin de contactgegevens van beide personen.'
'Best mogelijk.'
'Je hebt niet gekeken?'
Rechercheur De Klerck schudde zijn hoofd.
'Ik wilde het toestel niet aanraken. Oscar Kamp heeft het meegenomen. Laten we naar de Hilleniussingel gaan. Ik vermoed dat Loes van Voorthuijsen ons verder kan helpen. Zij heeft immers hetzelfde appje, en beide zijn gesynchroniseerd.'
Ze liepen naar de straat.
Net voor hij in de rechercheauto stapte, keek De Klerck op. Achter het slaapkamerraam van de buren ontwaarde hij opnieuw het bleke, zelfs wat verschrikte gelaat van Marloes van Ravenstein. Hun blikken kruisten elkaar, bleven korte tijd op elkaar gefixeerd. Een knagend gevoel vertelde hem dat dit niet de laatste keer was dat hij haar zou zien.

4.

In de auto wendde hij zich tot Klaver. Hij vertelde over het onderhoud met broer en zus Van Ravenstein.
'Vraag bij het casino aan het Weena of Maarten van Ravenstein daar gisteravond was, en hoe laat hij kwam en ging.'
De jonge rechercheur keek verrast opzij.
'Verdenk je hem?'

De Klerck haalde bedachtzaam de schouders op.
'Hij zag... meende te zien... Laurette.'
De wenkbrauwen van Ruben Klaver schoten omhoog.
'Wat? Bedoel je Laurette Kasemier?'
'Ja.'
'Van Amor Vincit Publishing?'
'Bij zijn thuiskomst zag Maarten van Ravenstein een jonge vrouw in zijn koplampen. Ze verliet het erf. Met kwade stappen. Hij denkt dat het Laurette was.'
'Kent Van Ravenstein haar dan? En kende zij de notaris?'
'Laurette Kasemier leefde tot kort geleden samen met Ewout van Bokhoven,' verduidelijkte De Klerck. 'Ze verliet hem omdat hij haar ontrouw was. Zaterdag vertelde ze me over haar ex en de onverkwikkelijke echtscheidingsprocedure. Als we weten hoe laat Van Ravenstein bij het casino vertrok...'
Ruben Klaver knikte begrijpend.
'Dan kunnen wij schatten hoe laat hij Laurette zag,' vulde hij aan. 'Zou zij meer weten over de dood van haar ex? Zou zij soms...'
Rechercheur De Klerck haalde de schouders op.
'Veel hangt af van de vraag hoe de notaris is omgebracht. Met een kruisboog? Ik heb Maarten van Ravenstein gevraagd of Laurette iets bij zich droeg. Alleen een handtasje. Een kruisboog kun je moeilijk daarin of onder je kleding verbergen.'
Klaver keek peinzend voor zich.
'Kun je met een kruisboog een ballpoint afvuren?' vroeg hij zich hardop af.
'Criminologen verschillen daarover van mening,' antwoordde De Klerck. 'Een kleine dertig jaar geleden was in Leiden de zogeheten balpenmoord. Een vrouw zou door haar zoon zijn doodgeschoten met een kruisboog en een ballpoint als pijl. Een pen van het merk BIC. De verdediging trok die lezing in twijfel. Tot op heden zijn de deskundigen het niet eens.'
Ze reden met de rechercheauto Hillegersberg-Noord binnen. Het weer was aan het omslaan. De zon ging schuil achter dikke bewolking. De zonnebril was niet meer nodig.
De weg begon te klimmen.
'Den Berch,' sprak De Klerck op gewichtige toon.

'Wat bedoel je?'
'Het koosnaampje voor de rivierduin waarop Hillegersberg is gebouwd. Op de top zie je de Hillegondakerk. Volgens een legende is de berg ontstaan door de reuzin Hillegonda, die haar schort uitschudde.'
Klaver grinnikte.
'Een kerk vernoemd naar een reuzin? Wordt zij hier aanbeden?'
De Klerck glimlachte.
'Het is in elk geval een plek met een lange historie. Al in prehistorische tijden werd den Berch bewoond. Het laat zich raden waarom. Den Berch ligt vier meter hoger dan de directe omgeving. In de Middeleeuwen stond hier een fier kasteel, Huis ten Berghe. Het werd verwoest tijdens de Hoekse en Kabeljauwse twisten. Je kunt er nog resten van vinden.'
Het notariskantoor van Ewout van Bokhoven was gevestigd in een pand op de hoek van de Hilleniussingel met de Kerstant van Den Bergelaan, schuin tegenover de Hillegondakerk die majesteitelijk boven de omgeving uittorende.
Ze vonden nog een plekje vrij voor de wagen. Ze slenterden naar het notariaat.
Bij het opengaan van de deur kwam de notarisklerk vanachter haar bureau overeind. Het gezicht van Loes van Voorthuijsen zag inbleek. Spanning tekende zich af rond haar mond en de samengeperste lippen. Toen De Klerck haar naderde, zag hij dat haar ogen roodomrand waren. Het plotselinge sterven van haar werkgever had haar harder getroffen dan de Rotterdamse speurder eerder meende.
Ze toverde haar beroepsmatige glimlach tevoorschijn.
'Waarmee kan ik u van dienst zijn?' vroeg ze. 'Hebt u nog vragen?'
'Laten we gaan zitten,' stelde rechercheur De Klerck voor en gaf het goede voorbeeld. Hij knikte haar minzaam toe. 'Nou, mevrouw Van Voorthuijsen, er zijn inderdaad nog enkele vragen die ik u moet stellen. Gaat het?'
Loes van Voorthuijsen knikte dapper.
'Om te beginnen, hebt u enig idee wat de toedracht kan zijn?'
Ze zuchtte diep.
'Wist ik het maar,' sprak ze wanhopig. 'De afgelopen uren heb ik

voortdurend mijn hersenen gepijnigd met die vraag. Ewout van Bokhoven was een hartelijke, hulpvaardige man.'
'Hoe lang werkte u voor hem?'
'Sinds twee maanden.'
'Een fijne werkgever?'
'Zeker.'
'Nooit ruzie?'
'Er viel nooit een onvertogen woord,' sprak zij uit de hoogte.
Rechercheur De Klerck glimlachte.
'Er is iets wat me niet lekker zit. De geopende schuifpui. Afgelopen dagen was het ijzig koud, een felle wind joeg door de straten. Vanochtend ontdekte u uw werkgever omdat de schuifpui openstond. Kennelijk heeft de dader zo de plaats delict achtergelaten.'
Loes van Voorthuijsen keek de Rotterdamse speurder aan. Ze zweeg gespannen.
'Omdat u de plaats delict hebt betreden,' ging De Klerck verder, 'hebben we uw vingerafdrukken nodig. Puur om u te kunnen uitsluiten. Hebt u binnen iets aangeraakt?'
'Misschien heb ik de schuifpui aangeraakt,' reageerde ze weifelend.
'En verder?'
Ze haalde de schouders op.
Rechercheur De Klerck keek haar onderzoekend, indringend aan.
'De voordeur was niet afgesloten,' zei hij. 'Had uw werkgever niet de gewoonte om 's avonds de deur op slot te draaien?'
Loes van Voorthuijsen knipperde met de ogen.
'Hoe zou ik dat nou moeten weten?' sprak ze fel.
'Forensische Opsporing vond vingerafdrukken van een en dezelfde persoon, zowel op de voordeur als op de schuifpui. Als die persoon de moordenaar is, frappeert het mij dat hij niet via dezelfde route is gekomen en vertrokken. Tenminste... als die sporen van de dader afkomstig zijn.'
De Rotterdamse speurder liet een lange stilte vallen.
'Hebt u een levenspartner, mevrouw Van Voorthuijsen?' vroeg hij.
Loes van Voorthuijsen kneep haar ogen samen.
'Wat heeft dat ermee te maken?'
'En?' drong De Klerck aan. 'Een levenspartner?'
'Nee.'

'Er is een getuige die zag dat u het huis aan de voorzijde betrad.'
Haar gezicht verstarde. Ze schudde haar hoofd.
'Wie was het?' vroeg ze met een venijnige stem. 'Die bemoeial van ernaast zeker?'
'Misschien wilt u uw eerdere verklaring aanpassen,' opperde De Klerck.
'Oké, oké, ik ben door de voordeur naar binnen gegaan. Ik beschik over een sleutel. Ik dacht dat Ewout nog sliep. Toen ik hem vond, raakte ik in paniek. Ik wist wat u zou denken. Daarom opende ik de glazen pui om mijn binnenkomst te verklaren.'
'U had een verhouding met hem?'
Ze liet haar hoofd zakken.
'Ja.'
'Maar u bracht niet het weekend met hem door.'
Ze schudde haar hoofd.
'In het weekend bezoek ik altijd mijn oude moedertje. Zij woont in Denekamp in... eh, Overijssel. Ewout en ik leefden nog niet permanent samen. Hij wilde niet zolang hij niet formeel was gescheiden.'
'Ik vroeg u eerder naar de toedracht. Hebt u op dit punt iets anders te verklaren?'
Loes van Voorthuijsen trok een pijnlijk gezicht.
'Ik weet niet... ik heb werkelijk geen idee... wie Ewout dit zou willen aandoen.'
'Nee? Hoe zit het dan met zijn ex?'
'Laurette?' reageerde ze verbaasd. 'Ik acht haar niet tot zo'n gruweldaad in staat.'
Het kwam er overtuigd uit.
'Weet u waarom zij uit elkaar gingen?'
Ze knikte glimlachend.
'Na drie jaar was de liefde op. Zij was almaar druk met dat uitgeverijtje van haar, ook als hij na een lange dag thuiskwam. Een viriele man als Ewout heeft dan wel wat anders aan zijn hoofd dan de theorie van die boekjes. Ze vond hem opdringerig.'
'En u...' begon De Klerck.
Loes van Voorthuijsen onderbrak hem. Uitdagend stak ze haar kin naar voren.

'Ik ben er niet vies van,' sprak ze ferm.
'Dat… eh, wilde ik niet vragen. Wanneer begon uw verhouding?'
Haar gezicht kleurde rood.
'Kort nadat zij hem had verlaten.'
De Klerck besloot het onderwerp verder te laten rusten.
'Zo-even sprak u over de buren. Die bemoeial van ernaast.' Hij keek haar onderzoekend aan. 'Waarom gebruikte u die formulering?'
Ze glimlachte.
'Daarmee bedoelde ik Marloes van Ravenstein. Ewout vertelde me dat zij jarenlang verkikkerd op hem was. Ze begluurde ons constant. Ik vind haar een triest geval. Ze probeert er jonger uit te zien, maar ze is veel ouder dan Ewout.'
'Hij voelde niets voor haar?'
'Hij zag haar niet staan, zowel letterlijk als figuurlijk. Zeg nou zelf, een vrouw gekluisterd aan een rolstoel, dat wil toch geen man? De afwijzing zal haar wel fel pijn hebben gedaan, gelooft u ook niet?'
De Klerck ging er niet op in.
'U vertelde ons eerder over een appje op uw telefoon. Een appje dat is gesynchroniseerd met het toestel van uw werkgever. Met wie had hij om halféén een afspraak?'
Loes van Voorthuijsen greep naar haar smartphone. Ze fronste haar wenkbrauwen.
'Hij had geen afspraak.'
'Bent u daar zeker van?'
Ze hield het apparaat omhoog.
'Er staat geen afspraak in mijn toestel.'
'Had hij dan een cliënt genaamd De Klerck?'
De notarisklerk schudde verward haar hoofd. Ze knikte naar De Klerck.
'Dat is toch uw naam? Er is bij mij verder niemand met die naam bekend.'
'En als Ewout van Bokhoven sprak over de jonge K, wie zou dat zijn?'
Loes van Voorthuijsen schudde haar hoofd, verwonderd.
'Ook dat zegt me niets.'
'Zou het naar Laurette kunnen verwijzen?'
'Als de jonge K?' sprak ze weifelend, nadenkend. 'Ze heet inderdaad

Kasemier en was ook zo'n tien jaar jonger. Maar zo heb ik Ewout nooit over Laurette horen praten. Waarom zou hij? Als hij over haar sprak, noemde hij haar altijd bij haar voornaam. Hoe komt u hierbij?'
'De smartphone van uw werkgever herinnerde hem om halfelf aan een afspraak met De Klerck om halféén. Het zou gaan over de jonge K. Het verbaast me dat u dat niet weet. De toestellen zijn toch gesynchroniseerd?'
Loes van Voorthuijsen knikte traag.
'Mijn toestel is met de zijne gesynchroniseerd,' legde ze uit. 'Als klerk en assistente maak ik voor hem afspraken, die automatisch in zijn telefoon komen. Maar hij kon buiten kantooruren afspraken maken die ik niet binnenkreeg.'
'En dit was een afspraak onder lunchtijd?'
'Ja, dat verklaart waarom ik van niets weet.' Loes van Voorthuijsen keek peinzend voor zich uit. 'Het enige wat ik me kan bedenken, is dat hij met de jonge K Frans bedoelde. Frans Kreemer.'
'Wie is Frans Kreemer?'
'Het neefje van een cliënte. Zij was een gefortuneerde dame, de weduwe van een havenbaron. Hij meende ten onrechte dat zij hem als belangrijkste erfgenaam had aangewezen omdat hij bij haar inwoonde. Hij kwam hier op een dag en wilde zijn bloedeigen tante dwingen alles aan hem na te laten.'
Rechercheur De Klerck trok zijn wenkbrauwen op.
'Dwingen?'
'Zo voelde zij het, al sprak ze dat niet uit waar hij bij was.'
'Wat deed de notaris toen?'
Loes van Voorthuijsen glimlachte.
'Ewout had voor dat soort situaties een strategie. Hij verzocht Frans Kreemer de kamer te verlaten, omdat het opstellen van een wilsbeschikking een persoonlijke, toch wat intieme aangelegenheid is. Kreemer gaf daaraan gehoor.'
'En toen?'
'Ewout hoorde de oude dame vriendelijk aan en kwam met zijn oplossing. Hij stelde twee wilsbeschikkingen op. In de eerste zou zij alles aan Frans Kreemer nalaten. Met de tweede, met een latere tijdsbepaling, herriep zij de eerste en formuleerde haar eigenlijke wensen.'

Rechercheur De Klerck glimlachte.
'Daarmee verviel automatisch de rechtsgeldigheid van de eerste wilsbeschikking.'
Loes van Voorthuijsen knikte.
'Alleen van de eerste stuurde hij haar een afschrift.'
'Sluw kunststukje,' sprak De Klerck bewonderend. 'En hem bedoelde Ewout van Bokhoven met de jonge K?'
'Dat denk ik. Toen onze cliënte onlangs stierf en Ewout de uiterste wilsbeschikking van de overledene onthulde, sprong Frans Kreemer zowat uit zijn vel. Het leek alsof hij Ewout te lijf wilde gaan. De andere familieleden moesten hem ervan weerhouden.'
Rechercheur De Klerck keek haar belangstellend aan.
'Onterfd?'
Loes van Voorthuijsen glimlachte.
'Hij moest genoegen nemen met een schijntje.'

5.

Ze reden in zuidelijke richting over de Bergse Dorpsstraat. Ruben Klaver zakte voldaan achterover. In een lunchroom hadden ze een zeer late lunch genoten.
De jonge rechercheur blikte opzij.
'Ik houd het erop dat notaris Van Bokhoven van plan was met jou te spreken. Over de jonge K, bedoel ik. Er knaagde iets bij hem... hij voelde zich onveilig.'
De Klerck bromde wat.
'We hadden geen afspraak.'
'Dat hoeft toch ook niet? Misschien was het alleen een voornemen. Hij wilde je in zijn lunchpauze bellen.'
'Zou kunnen,' antwoordde De Klerck peinzend.
De Rotterdamse speurder had de afgelopen uren zoveel indrukken opgedaan, had zoveel gehoord, dat hij tijd nodig had om alles te

verwerken. Was er een grote lijn te ontdekken? Kon hij al spoedig overgaan tot een arrestatie? Hij concludeerde echter dat het veel te vroeg was om conclusies te trekken.
Klaver kuchte.
'Ik vind het bijzonder knap hoe je bij Loes van Voorthuijsen wist te ontfutselen dat ze een verhouding met Van Bokhoven had. Hoe wist je dat?'
Rechercheur De Klerck keek even opzij. Hij glimlachte.
'Bij het betreden van de woonkamer viel het me op hoe aangenaam het er was. Tot mijn niet geringe verbazing was de verwarming koud en de haard uit, en de thermostaat stond laag. Toch stonden de verbindende schuifdeuren met de serre open.'
Klaver knikte begrijpend, glimlachend.
'Het had er veel kouder moeten zijn als de schuifpui minstens tien uur achtereen open had gestaan.'
'Precies. Daar komt bij dat zijn dood haar veel meer aangreep dan ik had verwacht. Ze werkte pas twee maanden voor hem.'
'En die getuige die haar door de voordeur zag binnengaan?'
'Wat is daarmee?'
Klaver gebaarde ongeduldig.
'Wie is het? Marloes van Ravenstein?'
De Klerck schudde kalm zijn hoofd.
'Die getuige, beste Ruben, is ontsproten aan mijn fantasie.'
Ruben Klaver schoot in de lach.
'Je had iets nodig om haar tot een bekentenis te dwingen.'
De Rotterdamse speurder grijnsde.
'En met effect. Ze moest haar leugen toegeven.'
Klaver grijnsde.
'Leagens hawwe koarte skonkjes,' sprak hij op zangerige toon.
'Fries?'
'Een gezegde dat Josina regelmatig gebruikt,' zei de jonge rechercheur hoofdknikkend. 'Het betekent: leugens hebben korte voetjes.'
'Een mooie spreuk,' sprak De Klerck goedkeurend. 'We hebben aan het licht gebracht dat Ewout van Bokhoven, formeel nog getrouwd met Laurette Kasemier, een verhouding had. Daardoor denk ik automatisch aan wat Oscar Kamp ons vertelde.'
Klaver knikte geestdriftig.

'Die pocket.'
'Juist. Het boekje lag open op een passage waarin een gemaskerde man een vrouw met een kruisboog bedreigt en haar van overspel beschuldigt.'
'Zou dat het zijn? Heeft Laurette Kasemier haar echtgenoot omgebracht? Is dat boekje haar visitekaartje? Om aan te duiden wat haar motief, haar drijfveer is? Van Bokhoven wilde met jou praten. Over de jonge K… zijn ex.'
De Klerck glimlachte.
'Het ligt er mij te dik bovenop. Nee, ik ben dan eerder geneigd in haar onschuld te geloven. De dader zet ons op haar spoor.'
'Maar zij was daar gisteravond.'
De Klerck knikte langzaam zijn hoofd.
'Daar lijkt het op. Maar daarmee staat voor mij haar schuld nog niet vast.'
'Je wilt in haar onschuld geloven,' sprak Klaver smalend. 'Het is net als in een pulpverhaal. Heldhaftige man komt op voor beeldschone dame in nood.'
De Klerck schoot in de lach.
'Je vergeet die andere verdachte. De jonge Kreemer. Een gefrustreerde jongeman die een erfenis misliep. Heb je zijn adres genoteerd?'
'Ja. Het is aan het Westplein.'
'Dat is het Atlantic House. Het is niet ver.'
'Wil je dan niet naar Laurette Kasemier?'
De Klerck keek zijn jonge collega quasi-verwonderd aan.
'Sta je te popelen om de beeldschone dame zelf te aanschouwen?'
Klaver schudde glimlachend zijn hoofd.
'Ik laat mijn hoofd niet op hol brengen, zoals jij. Zij is onze hoofdverdachte.'

Het in Art Deco-stijl opgetrokken Atlantic House in het Scheepvaartkwartier stamde uit 1929. Het was destijds een bedrijfsverzamelgebouw, een van de eerste in Europa in zijn soort. De ronde hoektorens, grote raampartijen en kunstzinnige decoraties maakten het bouwwerk tot een imponerend architectonisch hoogstandje. Enkele jaren terug was het omgebouwd tot een deftige woonresidentie.

Beide rechercheurs stapten het grote voorportaal binnen. Aan weerszijden waren brievenbussen. Rechercheur De Klerck liep door naar de centrale hal met mozaïekvloer, glas-in-lood raampjes, de brede trap naar boven en de liftenblokken.
Ze moesten op de vijfde verdieping zijn.
In de lift keek Ruben Klaver zijn leermeester aan.
'Dit is bepaald geen goedkope woonlocatie,' merkte hij op.
De Klerck knikte.
'Een penthouse kost toch al gauw tussen de één en anderhalf miljoen euro.'
Klaver floot.
'En de woning stond op naam van zijn tante?'
'Dat zegt Loes van Voorthuijsen. De tante liet het penthouse aan een jongere zus na.'
'Geen wonder dat Frans Kreemer uit zijn vel sprong. Zo'n kunststukje van de notaris zou ik ook niet waarderen.'
'Zou jij je… eh, bloedeigen tante ook onder druk zetten zodat ze jou alles nalaat?'
Ruben Klaver schudde vlug zijn hoofd.
'Zoiets is natuurlijk onacceptabel… verwerpelijk.'
De lift kwam tot stilstand. De deuren gleden vrijwel geruisloos open.
Voor Klaver op de bel kon drukken, zwaaide de deur van het appartement open. In de deuropening verscheen een oude dame. De Klerck schatte haar op zeventig, of zelfs iets ouder. Ze had roestbruin, krullend haar en een dooraderd gezicht. Met twinkelende oogjes keek ze de rechercheurs aan.
'U komt voor Frans?' sprak ze met krassende stem. 'Hij is er niet.'
'En u bent?'
'Patricia… Patricia Kreemer. Ik ben zijn andere tante en erfgename van deze chique woning. Mag ik u verwelkomen?'
Ze gebaarde uitnodigend.
Ze ging hen voor naar een zeer ruim woonvertrek. De hakken van haar schoenen tikten luid op de stenen vloertegels. In het midden van het vertrek stond een lage, houten salontafel met daarop een galjoen, een kunstige modelboot. Een gigantisch beeldscherm hing aan de wand.
Patricia Kreemer gebaarde naar de lange banken.

'Nou, vertel eens, sinds wanneer zijn erfenissen een zaak voor de recherche? Want daar komt u toch voor?'
'Dat zijn ze gewoonlijk ook niet,' antwoordde De Klerck rustig. 'Dat verandert als er een vermoeden bestaat dat er een ernstig misdrijf is gepleegd.'
Patricia Kreemer verbleekte.
'M-mijn zuster?' stotterde ze. 'Maar ik dacht... ik dacht...'
Rechercheur De Klerck maakte een geruststellend gebaar.
'Wij hebben geen reden om aan te nemen dat uw zuster een onnatuurlijke dood stierf. De zaak die wij onderzoeken heeft er zijdelings mee te maken. Wij zijn ingelicht dat uw neefje uit zijn vel sprong toen het testament werd onthuld. Was u erbij?'
Patricia Kreemer knikte, glimlachend.
'Sabine, mijn zuster, had mij in vertrouwen genomen. Ik wist dus wat er ging komen. Ik kan mij zijn woede ook wel voorstellen. Frans heeft zijn tante tot het einde toe verzorgd. Hij meende daarom recht te hebben op alles.'
'Hij woonde bij haar in?'
'Ja. Al een paar jaar. Ze nam hem in huis toen zijn vriendin hem aan de dijk zette. De jongen kon nergens heen, niet op korte termijn. Zo is het begonnen. Naarmate zij ouder werd, werd ze afhankelijker van hem.'
De Klerck keek de oude vrouw belangstellend aan.
'Voor haar een uitkomst?'
'Ja. Net als ik was zij kinderloos.'
'Frans raakte gehecht aan deze woning?'
Patricia Kreemer knikte bevestigend.
'Ja, ik denk dat hij daarom aanspraak wilde maken. Bang weer op straat te belanden. Sabine en ik komen uit een groot gezin. Er zijn veel neefjes en nichtjes. Frans is de zoon van onze jongste broer. Al enige tijd drong Frans aan op het maken van een nieuw testament. Om die jongen een plezier te doen, is Sabine gegaan.'
'Maar zij besloot het penthouse aan u te vermaken?'
'Onder voorwaarde dat Frans hier mag blijven wonen. Frans kreeg een legaat van duizend euro, net zoveel als de andere neefjes en nichtjes.'
'Een pijnlijke tik op de vingers.'

Patricia Kreemer liet een kraaiende lach horen.
'Zo mag u het wel noemen.'
'Maar u laat hem hier wel wonen?' vroeg Ruben Klaver verbaasd.
Mevrouw Kreemer trok achteloos de schouders op. 'Ach, die arme jongen moet toch ergens wonen? Zeg nou zelf, wat moet ik met een appartement met drie slaapkamers? Als hij nou eens ophield bokkig te zijn, zouden we het samen best gezellig kunnen hebben.' Weer kraaide ze.
'En als u hulpbehoevend wordt...' begon De Klerck.
'Dan ben ik verzekerd van hulp. Zo'n kwaaie jongen is Frans anders niet, alleen wat gauw driftig. Maar hij hoeft zich geen zorgen te maken. Uiteindelijk zal het hem toekomen.'
Met haar beide wijsvingers wees Patricia Kreemer naar boven.
'Hij moet alleen wachten tot ze mij hebben opgehemeld,' kraste ze.
Ze kraaide opnieuw van plezier.
'Waar was Frans gisteravond?' vroeg De Klerck ernstig.
'Weg.'
'Waar naartoe?'
Patricia Kreemer haalde de schouders op.
'Dat wilde hij niet zeggen. Hij kwam pas diep in de nacht terug.'
'Waar vinden we hem nu?'
Ze haalde opnieuw de schouders op.
'Frans gaat en staat waar hij wil. Soms blijft hij een paar dagen weg.'
'Hij heeft geen baan?'
Patricia Kreemer schudde haar hoofd.
'Mijn zuster onderhield hem. Frans is veel te druk met zijn liefhebberijtjes om een reguliere baan te nemen.'
Rechercheur De Klerck stond op en overhandigde haar zijn visitekaartje.
'Laat u het ons weten zodra Frans terugkeert?'
Patricia Kreemer keek verwonderd naar hem op.
'U hebt nog niet gezegd waarom u mijn neefje onderzoekt.'
'Het zal gauw genoeg in het nieuws komen,' antwoordde De Klerck.
'Het betreft de notaris.'
In haar ogen blonk angst. 'Wat is er met hem? Heeft hij aangifte gedaan? Komt Frans in de problemen?'
'Iemand meende gisteravond dat het tijd was om Ewout van Bok-

hoven af te schrijven, voorgoed.'
Ze fronste haar wenkbrauwen.
'Af te schrijven... u bedoelt...'
Met haar wijsvingers wees Patricia Kreemer opnieuw naar boven.
'Ewout van Bokhoven is in koelen bloede vermoord,' zei De Klerck onomwonden.
Patricia Kreemer kwam opmerkelijk kwiek overeind. Met opengesperde ogen staarde ze de Rotterdamse speurder aan.
'Nooit,' krijste ze. 'Frans zou zoiets nooit doen. Nooit... nooit... nooit.'

Een ijskoude regen kletterde op de voorruit. In een hoog tempo probeerden de ruitenwissers de watervloed weg te werken, nauwelijks met enig effect. Rechercheur De Klerck fixeerde zijn blik op de weg om de recherchewagen op de rijbaan te houden. Het schemerde. Rode lichtjes van de auto's voor hen weerspiegelden fel op het natte asfalt van de Erasmusbrug.
Ze waren op weg naar Dordrecht. Laurette Kasemier woonde aan het Sterrenburgplein.
Ze hadden toch nog wat langer met Patricia Kreemer gepraat. Om hen ervan te verzekeren dat ze niemand verborg, had ze De Klerck en Klaver in de woning laten rondkijken. Ze waren vertrokken met haar plechtige belofte dat ze zou bellen zodra haar neefje opdook.
Klaver, op de passagiersstoel, roerde zich.
'Is het jou ook opgevallen?' vroeg hij.
'Wat?'
'De slaapkamer van Frans Kreemer. Wat een boekencollectie. Ik heb nooit zo ontiegelijk veel boeken bij elkaar gezien. De planken bezweken bijna onder hun last. Nou snap ik wel dat hij uit Atlantic House niet weg wil. Een gewoon appartementje kan al die boeken nooit bergen. Zouden er ook pulpromannetjes bij zitten?'
Rechercheur De Klerck knikte.
'Ja. Aan de ruggen herkende ik er een aantal. Uitgaven van Burgman & Pijffers. Hun logo staat op de rugzijde.'
'Is dat boek dat je bij Van Bokhoven vond ook van Burgman & Pijffers?'
'Nee, dat was een Amerikaanse uitgave,' antwoordde De Klerck.

'Engelstalig. Een vergeelde paperback van minstens zestig jaar oud, van de lang vergeten schrijver Peter Roylott. De kaft was finaal stukgelezen.'

Ruben Klaver zuchtte.

'Ik begin nou te twijfelen of Laurette Kasemier onze dader is,' zei hij. 'Door toedoen van de notaris is Frans Kreemer voor een enorm bedrag benadeeld. Een regelrechte afgang. Jij denkt dat hij de moord pleegde?'

'Een optie,' antwoordde de Rotterdamse speurder. 'Niet meer dan een optie.'

'Maar je vroeg haar wel wiens idee het was naar een notaris in Hillegersberg te gaan, terwijl er in hartje Rotterdam ook enkele uitstekende vakmensen zijn. Vlakbij zelfs, aan de Westzeedijk.'

'Patricia Kreemer wist het niet.'

'Ik durf te wedden dat die notaris zijn idee was,' opperde Klaver. 'Hij dacht dat Van Bokhoven zou meewerken. Daar leek het ook op. Zijn bloed zal wel hebben gekookt van woede. De moord is zijn wraak.'

'En je bewijs?'

'Dat pulpromannetje. Hij heeft dat boekje uit zijn eigen kast getrokken.'

'Met welk oogmerk?'

Ruben Klaver gebaarde ongeduldig. 'Om ons op het verkeerde been te zetten natuurlijk. Door dat boekje denken we dat de dader Ewout van Bokhoven wilde afstraffen voor zijn ontrouw. Kortom, zijn ex moet wel de dader zijn. Zij is ook bij zijn woning gesignaleerd. Een afgeronde zaak. Dat is wat Frans Kreemer met dat boekje beoogde.'

Rechercheur De Klerck glimlachte. Het was niet slecht bedacht.

'We weten niet of Frans Kreemer gisteravond in Hillegersberg is geweest. Ik acht het niet aannemelijk dat hij wist dat de notaris in een scheiding lag wegens ontrouw. De getuigenis van Maarten van Ravenstein is wel overtuigend. Hij zag Laurette Kasemier. Ze liep met kwade stappen weg.'

'Dat was eerder,' sprak Klaver geestdriftig.

'Hoezo eerder?'

De jonge rechercheur gebaarde ongeduldig.

'Nou, volgens dokter Goldschmitz was Ewout van Bokhoven al tien

tot twaalf uur dood. De moord vond laat op de avond plaats. Maarten van Ravenstein zag Laurette toen hij van het casino terugkeerde. Om halfnegen. Ewout van Bokhoven was toen nog in leven. Frans Kreemer kwam daarna. Zijn eigen tante verklaart dat hij diep in de nacht thuiskwam.'
De Klerck schudde zijn hoofd.
'Zo eenvoudig is het niet. Zo exact kan de schouwarts het tijdstip niet vaststellen, dat moet je met een ruime marge nemen.'
'Ik begrijp jou niet,' merkte Klaver lichtelijk geïrriteerd op. 'Eerst wilde je Laurette Kasemier vrijpleiten, nu neig je in haar richting.'
Rechercheur De Klerck schudde misprijzend zijn hoofd.
'Persoonlijk geloof ik nog altijd in haar onschuld. Maar als rechercheur zou ik niet veel waard zijn als ik haar bij voorbaat uitsloot. Alles wijst in haar richting. Ze had gelegenheid. En als haar ex die uitgever inderdaad tegen haar heeft opgehitst, had ze een ijzersterk motief om Ewout van Bokhoven voorgoed het zwijgen op te leggen. Daarom interesseert het boekje mij mateloos.'
'Hoezo?'
'Een oude uitgave. Hoe gemakkelijk kun je eraan komen?'
Klaver trok de schouders nonchalant op.
'Die vind je toch op elke rommelmarkt?'
De Klerck gebaarde opzij.
'Kijk eens op internet. Als je er gemakkelijk aan kunt komen, moeten er exemplaren tweedehands te koop zijn.'
De jonge rechercheur tastte in zijn broekzak en trok zijn smartphone tevoorschijn. Met op elkaar geperste lippen tuurde hij naar het helder verlichte schermpje. Ongemerkt vergleden de minuten. Ze waren al ter hoogte van Zwijndrecht voor Ruben Klaver van zich liet horen.
'Nog niets gevonden,' verzuchtte hij. 'Behalve een exemplaar in handen van een Canadese verzamelaar. Die vraagt omgerekend driehonderd euro.'
'Een collectors item, dus.'
'Niet een boekje om te laten rondslingeren.'
'En de Nederlandse vertaling?'
'Ik heb geen papieren exemplaar gevonden. Er is wel een e-book in omloop. Twee jaar geleden uitgebracht bij Burgman & Pijffers.'

6.

Flatgebouw Sterrenburg torende hoog boven het ernaast gelegen wijkwinkelcentrum uit. De Klerck vond nog een plekje vrij op het grote parkeerterrein. Hollend haastten ze zich door de koude regen. Ze stapten de hal van het flatgebouw binnen. Het was er aangenaam warm.
'Weet je op welke etage we moeten zijn?'
De Klerck knikte.
'De elfde.'
Ze stapten in de lift. Met duizelingwekkende snelheid schoten ze omhoog. In luttele seconden hadden ze de juiste verdieping bereikt. Ze kwamen in een ruime hal met appartementsdeuren geschilderd in frisse kleuren. Het appartement van Laurette Kasemier bevond zich pal tegenover de lift. De deurbel liet een vrolijke ringeling horen.
De deur ging traag open. In de deuropening verscheen Laurette Kasemier. Het viel de Rotterdamse speurder weer op hoe bekoorlijk zij was. Haar kastanjebruine haar was opgestoken in een modieus knotje. Ze was uitdagend gekleed in een korte, zwartleren rok en een roze, zijden blouse waarvan de bovenste knoopjes waren losgeknoopt.
De uitgeefster herkende hem onmiddellijk.
'Meneer De Klerck,' sprak ze vrolijk. 'Wat een verrassing. Hebt u hem gesproken? Hebt u contact gehad met Stefan le Couvreur?'
Rechercheur De Klerck ging er niet op in. Hij gebaarde opzij.
'Dit is mijn collega Ruben Klaver. Mogen wij binnenkomen?'
'Natuurlijk, ja, vanzelfsprekend.'
Heupwiegend op haar hoge hakjes ging ze de beide rechercheurs voor. Ze gingen door een gangetje en kwamen in een woonkamer met een fraai uitzicht over Dordrecht. Ontelbare lichtjes blonken in de duisternis.
De Klerck trok de rits van zijn jas naar beneden. Het was er warm. Aan de raamzijde stond een witte tafel met daarop een opengeklapte laptop.
Laurette Kasemier gebaarde naar de zithoek. Ze liet zich behaaglijk

zakken op een bank van imitatieleer.
'Goed,' begon De Klerck met een vriendelijke glimlach. 'Om te beginnen, hebt u vandaag contact gehad met Stefan le Couvreur?'
De jonge uitgeefster trapte haar schoentjes uit en trok haar benen onder zich op.
'Eh... nee,' gaf ze beschaamd toe. 'Ik durfde de confrontatie toch niet aan, zag er huizenhoog tegenop. Stel dat Stefan le Couvreur weer denigrerend zou uithalen...'
De Klerck knikte meelevend.
'U vreesde een afgang.'
'Ja.'
'Hebt u dan helemaal niets ondernomen?' Het klonk ongelovig.
Ze tuitte haar fraai gevormde lippen.
'Zo zou ik het niet willen noemen. Ik heb het u zaterdag al gezegd... ik vreesde dat mijn ex erachter zou zitten. Ik besloot met hem te gaan praten.'
'Heeft dat onderhoud ook plaatsgevonden?'
Laurette Kasemier knikte somber.
'Het was geen fijn gesprek. Ewout lachte me vierkant uit. Hij ontkende niet dat hij Stefan le Couvreur heeft opgehitst. Eigen schuld, noemde hij het. Had ik me maar niet aan zo'n idioot avontuur moeten wagen.'
De Klerck knikte nadenkend.
'Met dat avontuur bedoelde hij de oprichting van Amor Vincit Publishing?'
'Ja.'
'Een rotopmerking.'
'Dat mag u wel zeggen, ja. Ik heb Amor Vincit twee jaar geleden opgericht. Het levert nog niet genoeg op om van te leven. Door de scheiding sta ik voor de keuze. Of ik stop en ga iets anders doen, of ik ga door in de hoop op succes.'
'U koos voor het laatste?'
Laurette Kasemier knikte fanatiek.
'Ja, ik geloof dat ik er een succes van kan maken. Het moet een succes worden, anders kom ik in grote financiële nood.'
'Dan kunt u de pesterijtjes van Stefan le Couvreur niet gebruiken.'
'Nee, ik ga eraan kapot.'

'Had u uw bezoek aan uw ex aangekondigd?'
'Nee.'
'Hoe moet ik me dat bezoek voorstellen?' vroeg De Klerck. 'Belde u aan? Of hebt u nog een sleutel van de woning?'
'Ik heb weliswaar de sleutel, maar ik belde aan. Ewout heeft de gewoonte de voordeur bij thuiskomst volledig te sluiten, te vergrendelen.'
'Hoe reageerde hij?'
Er verschenen blosjes op haar wangen.
'Hij vroeg spottend of ik met hangende pootjes terugkwam. Voor ik kon reageren, zei hij dat het voorbij was. Hij liet me er niet in. Ik legde uit dat ik over een andere kwestie wilde praten en toen mocht ik binnenkomen.'
'Hoe laat was u bij hem?'
Laurette Kasemier haalde weifelend de schouders op.
'Dat weet ik niet precies. Halverwege de avond, geloof ik.'
'Een tijdstip?'
'Ik moet dat gokken. Negen uur?'
'Hoe lang bent u gebleven?'
'Niet lang. Hooguit een kwartier, denk ik.'
De Klerck boog zich wat naar voren en keek de jonge uitgeefster onderzoekend aan.
'Hoe lang was u met hem getrouwd?
Haar wenkbrauwen trokken zich samen.
'Waarom wilt u dat weten?'
'Nou?' drong De Klerck aan.
'Een jaartje of drie.'
'Getrouwd in gemeenschap van goederen?'
Laurette Kasemier schudde haar hoofd.
'Dat wilde Ewout niet,' sprak ze somber. 'Hij heeft vanaf het begin rekening gehouden met een echtscheiding. Nu probeert hij zoveel mogelijk uit de boedelscheiding te halen, hij gunt me werkelijk niets.'
Ze gebaarde om zich heen.
'Ziet u dit meubilair? Gekocht bij de Kringloopwinkel. Alles wat ik ons huwelijk heb binnengebracht, staat nog in Hillegersberg. Hij dacht dat ik kwam ruziemaken... spullen opeisen.'

Rechercheur De Klerck knikte bedachtzaam.
'Waarom verliet u hem?'
'Dat heb ik u de vorige keer toch al gezegd? Ewout was mij ontrouw.' Het klonk gelaten. 'Hij heeft mij alleen getrouwd voor de buitenwacht, om met mij te pronken, niet voor de liefde. In de afgelopen drie jaar heeft hij verschillende affaires gehad.'
'U bezocht hem omdat u hem verdenkt van ophitsing. Werd het ruzie?'
Ze schudde haar hoofd.
'Zover liet ik het niet komen,' merkte zij bedaard op. 'Toen ik merkte dat Ewout niet voor rede vatbaar was, ben ik vertrokken. Om mijn ongenoegen kenbaar te maken, heb ik alleen de voordeur knalhard achter me dichtgetrokken.'
De Klerck tuitte zijn lippen en knikte.
'En dat is alles?'
'Dat is alles.'
'Hij leefde dus nog?'
Al het bloed trok uit het gelaat van Laurette Kasemier. Met grote ogen vol ontzetting keek ze rechercheur De Klerck aan.
'H-hoe bedoelt u?' stamelde ze. 'Is Ewout d-dood?'
'Vermoord rond de tijd dat u hem met uw bezoek vereerde,' reageerde hij onbarmhartig. 'Over de boedelscheiding hoeft u zich dus geen zorgen meer te maken.'
Laurette Kasemier sprong met een gekweld gezicht op.
'Maar zo heb ik het niet gewild,' schreeuwde ze.

Rechercheur De Klerck liep in een kalme tred door de onderdoorgang naar het Gelderse Plein. Hij voelde zich moe. Op de terugweg had hij Ruben Klaver laten rijden. Zijn jonge assistent had hem op de Blaak afgezet en was daarna doorgereden. Klaver moest nog naar Waddinxveen waar, hopelijk, zijn lieftallige echtgenote geduldig op hem wachtte.
Het was later geworden dan De Klerck had gewild, dan wenselijk was. Hij mocht het geduld van Klavers vrouw niet op de proef stellen. Te veel collega's had hij zien scheiden. Onregelmatige diensten... overuren... spanningen op het werk... heel wat politiehuwelijken bleken er niet tegen bestand.

De Klerck keek met voldoening terug op hun reis naar Dordrecht. Het onderhoud had hem gesterkt in de overtuiging dat Laurette Kasemier onschuldig was aan de dood van haar wettige echtgenoot. Ze had alle reacties gegeven waarop hij had gehoopt.
Vóór hij haar onthulde dat Ewout van Bokhoven was vermoord, sprak ze consequent over hem in de tegenwoordige tijd. Uit jarenlange ervaring wist hij hoe moeilijk dat was in de wetenschap dat de persoon in werkelijkheid was overleden. Als hij zich toch vergiste, moest de jonge uitgeefster over een bewonderenswaardige zelfbeheersing en een groot acteertalent beschikken.
Lucien de Klerck kwam tot stilstand en keek bewonderend op naar het fraaie kleurenspel van de schijnwerpers op het Witte Huis en de aangrenzende geveltjes aan het Gelderse Plein. Hier, bij de Oude Haven, was Rotterdam op haar allermooist. Gelukkig was het droog geworden. Er twinkelden zelfs een paar sterren.
Er brandde geen licht meer in het restaurant van Reindert Post. Mooi. Annie zou thuis zijn.
De Klerck slenterde tevreden verder.
Zijn gedachten bleven weer hangen op het gesprek met Laurette. Ze had schouderophalend gereageerd op het nieuws dat Ewout alweer een nieuwe verovering had gemaakt. Loes was zijn zoveelste verzetje, had Laurette gezegd. Dat stelde niets voor. Haar voorgangster, zijn vorige klerk, was er ook één geweest. Tot hij genoeg van haar had. Zij nam daarop direct ontslag.
De Klerck vroeg zich af of Loes van Voorthuijsen daarvan op de hoogte was. Hoe zou zij hebben gereageerd als Van Bokhoven haar had afgedankt? Niet elke vrouw pikte zo'n vernedering, zo'n bittere afgang. Of was ze hem een slag voor geweest?
De Rotterdamse speurder dacht weer aan de beschuldigende vinger van het pocketboek...

De Klerck ging de volgende dag alweer vroeg aan de slag. De vraagstukken van gisteren hadden hem gedurende de nacht geplaagd, hem een gebroken nachtrust bezorgd. Luid toeterend spitsverkeer op de Willemsbrug had hem te snel gewekt.
Ruben Klaver stapte een half uur later de recherchekamer binnen.
'En?' vroeg hij. 'Iets gehoord van Patricia Kreemer?'

‘Nee.’
‘Dat is toch gek?’ sprak Klaver opgewonden. ‘Sinds de moord heeft zij haar neefje nauwelijks nog gezien. Zou hij ons ontlopen?’
De Klerck haalde achteloos de schouders op.
‘Ze vertelde dat Frans vaker lange tijd wegblijft, daar zie ik geen aanleiding in om hem te verdenken. Als hij geen contact met zijn tante heeft gehad, kan hij ook niet weten dat wij hem zoeken. We wachten rustig af.’
Klaver trok zijn dikke parka uit en liet zich op zijn bureaustoel zakken.
De Klerck keek zijn jonge collega aan.
‘Vanmiddag is de sectie bij het Nederlands Forensisch Instituut. De patholoog-anatoom van dienst is een nieuwe, ene dokter Bittersma.’
‘Ik ga wel,’ bood Klaver direct aan.
De Klerck keek verrast.
‘Weet je het zeker? Ik vind het niet erg om te gaan.’
De jonge rechercheur schudde resoluut het hoofd.
‘Ik moet hiermee toch ook ervaring opdoen? Het lijkt me leerzaam. En jij bent hier nodig. Als Patricia Kreemer belt, ben je tenminste in de buurt.’
Rechercheur De Klerck glimlachte. Zijn assistent boekte vorderingen. Niet veel rechercheurs stonden te trappelen om een sectie bij te wonen. Klaver zou nog eens uitgroeien tot een eersteklas speurder.
‘Ik heb contact gehad met de moeder van Loes van Voorthuijsen,’ merkte hij op. ‘Zij bevestigde dat haar dochter het weekend bij haar in Denekamp doorbracht. De notarisklerk vertrok op zondagavond, rond een uur of acht. Volgens haar moeder naar haar woning in Vlaardingen.’
Klaver keek verrast op.
‘Jij denkt dat ze naar Hillegersberg reed?’
‘Ik trek geen conclusies,’ sprak rechercheur De Klerck voorzichtig. ‘Ewout van Bokhoven is vermoord door iemand die hij voldoende vertrouwde om hem, of haar, binnen te laten. Hij zat ontspannen in zijn armstoel bij de open haard.’
‘Slapend?’
De Klerck knikte.

'Dat roept een bepaald beeld op. Als ik mij een bezoeker erbij moet visualiseren, zie ik eerder Loes van Voorthuijsen dan Frans Kreemer.'

Klaver knikte begrijpend.

'Wat is haar motief, haar drijfveer?'

'Misschien wist ze wat haar boven het hoofd hing. Ewout van Bokhoven heeft eerder minnaressen gehad en afgedankt.'

'Ze wilde hem voor zijn?'

De Klerck knikte instemmend.

'Ik wil Loes van Voorthuijsen in elk geval niet uitvlakken,' sprak hij mijmerend. 'Zo kunnen er meer vrouwen met een wrok rondlopen.'

Klaver grijnsde.

'Zoals de buurvrouw, Marloes van Ravenstein. Zij werd bij voorbaat afgekeurd, beweerde de notarisklerk. Zou Van Bokhoven haar hebben binnengelaten?'

'Niet via de voordeur.'

'Hoezo niet?'

'Vanwege de rolstoel,' verduidelijkte De Klerck. 'Er is een bordestrap.'

Ruben Klaver schudde wrevelig zijn hoofd.

'Ik kan er niet bij,' sprak hij met een zweem van verbijstering. 'Laurette Kasemier. Zo'n beeldschone vrouw. En Ewout van Bokhoven bedroog haar. Onbegrijpelijk.'

De Klerck keek zijn jonge collega glimlachend aan.

'Als jij met haar was getrouwd...' begon hij.

Klaver onderbrak hem.

'Dan was ik haar trouw!' riep hij fel.

De Klerck gniffelde.

'Laat Josina het maar niet horen,' sprak hij op quasi-bestraffende toon. 'Je neemt het op voor de beeldschone dame in nood. Ben je dan toch de heldhaftige kerel die haar te hulp schiet?'

'Na gisteravond geloof ik niet aan haar schuld.'

'Verblind door haar schoonheid, Ruben?'

De jonge rechercheur schudde fel zijn hoofd.

'Ik kan me Laurette niet meer voorstellen als de koelbloedige moordenares, dat is alles. Trouwens, jij geloofde er al langer niet in. Anders

had je haar wel gevraagd naar die afspraak van Ewout van Bokhoven met jou.'
Rechercheur De Klerck knikte bedachtzaam.
'Juist, de jonge K. Ik geloof inderdaad niet dat hij zijn ex bedoelde. We zijn nog geen stap dichter bij de ontdekking wie hij wel bedoelde. Ik vraag me af…'
Vanuit zijn bureaulade klonk de zeurderige misthoorn van zijn smartphone. Met een geërgerde beweging trok De Klerck de lade open. Het was de wachtcommandant.
'Ik heb hier bij de balie een meneer,' sprak hij luid. 'Hij beweert dat hij belangrijke informatie heeft inzake de moord op Van Bokhoven. Hij wil jou zo spoedig mogelijk spreken. Volgens hem kun je vandaag nog de moordenaar inrekenen.'

7.

Met een elleboog steunend op de balie stond een zwaargebouwde man. Hij was begin vijftig en had een kalend hoofd met dun grijs haar dat over de kale fontanel was gekamd. Hij droeg een grijs, slobberig kostuum. Zweet parelde op zijn voorhoofd.
Bij het naderen van De Klerck richtte hij zich op. Hij legde theatraal een hand op zijn borst.
'Mijn naam is Lambert… Lambert Paternotte,' zei hij. 'Ik wil u spreken.'
'Inzake de dood van Ewout van Bokhoven?'
Paternotte knikte bevestigend.
'Ik meen de dader te kennen.'
'Komt u dan maar mee.'
Ze liepen naar een aangiftekamertje. De Klerck liet Lambert Paternotte plaatsnemen op de bezoekersstoel en keek hem vriendelijk glimlachend aan.
'Om te beginnen… hoe bereikte u het bericht van de dood van

Ewout van Bokhoven?'
Uit een binnenzak trok Paternotte een zakdoek van het formaat theedoek tevoorschijn. Omstandig poetste hij het zweet van zijn gelaat.
'Uit de ochtendkrant,' sprak Lambert Paternotte geëmotioneerd. 'Afgrijselijk nieuws. Klopt het dat hij is doodgeschoten?'
Rechercheur De Klerck gaf geen antwoord. Hij hield er niet van als lieden, onder het mom van een doorslaggevende tip, maar verlegen om inlichtingen, hem wilden uithoren. Hij monsterde de man tegenover hem kritisch.
'U bent verslaggever?'
Paternotte schudde verschrikt zijn hoofd.
'Heb ik die indruk gewekt? Nee, u zit er helemaal naast. Ik werk als vertegenwoordiger en commissionair. De wereld van het gedrukte boek is mijn speelveld. Er is geen boekhandelaar in Nederland die ik niet ken.'
'U reist veel,' constateerde De Klerck.
De vertegenwoordiger knikte glimlachend.
'Als u de kilometerteller van mijn wagen zou zien, zou u zich een hoedje schrikken. Ik sta ook op boekenbeurzen en spreek met inkopers van de boekhandelketens. Het is een afwisselende en boeiende baan, elke dag op pad met bijzondere, ontroerende en spannende verhalen.'
'Bent u aan een grote uitgeverij verbonden?'
Lambert Paternotte schudde beminnelijk zijn hoofd.
'Niet meer. Ik ben onlangs voor mezelf begonnen, als zzp'er. Ik verhuur mezelf aan uitgeverijen op projectbasis. Dat geeft alle betrokkenen meer voldoening. Ik kies zelf de titels waarin ik heilig geloof, die het verdienen een groot publiek te bereiken. Ik strijk daarvoor een provisie op.'
Rechercheur De Klerck knikte bewonderend.
'Ondanks uw drukke bestaan vond u tijd om naar het hoofdbureau te komen.'
'Niet meer dan mijn burgerplicht,' sprak Paternotte bescheiden. 'De moord op Ewout van Bokhoven mag niet ongewroken blijven.'
De Klerck maakte een vaag gebaar.
'Hoe kende u hem?'

'Ik kende hem niet persoonlijk,' bekende de vertegenwoordiger. 'Toch ken ik hem al vrijwel mijn hele leven. Ik was vroeger kind aan huis bij de buren.'
'De familie Van Ravenstein?'
Lambert Paternotte knikte.
'Ik was... en ben eigenlijk nog steeds... bevriend met Maarten van Ravenstein. Op de middelbare school zaten we in dezelfde klas. Ewout was veel jonger. Een kind nog maar. We gingen niet met hem om.'
'Maar u kende hem wel van gezicht.'
'Juist, ja.'
De Klerck wreef over zijn stoppelige kin.
'U zei dat u zijn moordenaar kent.'
'Ja, ik weet wie het is.'
'Wie dan?'
'Stefan le Couvreur.' Lambert Paternotte ademde zwaar. 'Hij is een zakenrelatie van Ewout van Bokhoven.'
Rechercheur De Klerck keek de vertegenwoordiger belangstellend aan. 'U bedoelt Stefan le Couvreur de uitgever?'
'Ja.'
'Van Burgman & Pijffers?'
'Kent u hem?' vroeg Paternotte verrast. Gretig voegde hij eraan toe: 'Is hij een... eh, zogeheten bekende van de politie?'
De Rotterdamse speurder ging er niet op in. Hij maakte een ongeduldig gebaar.
'U werkt voor Stefan le Couvreur?'
'Nee,' sprak de vertegenwoordiger weifelend. 'Niet meer. Het is geen prettige man om mee samen te werken. Onbetrouwbaar. Iedereen in het boekenvak kan dat bevestigen.'
'Acht u hem tot de moord op Ewout van Bokhoven in staat?'
Lambert Paternotte knikte heftig.
'Ze hadden afgelopen zaterdag een hoogoplopende ruzie,' hijgde hij. 'Ik weet niet waarover het ging, vermoedelijk een zakelijk conflict, maar Stefan le Couvreur was laaiend. Hij kon de notaris wel de nek omdraaien.'
'Zei hij dat?'
'Ja.'

‘Waar vond dat verhitte gesprek plaats?’
‘In Hillegersberg, in de woning van de notaris.’
De Klerck keek de man tegenover hem scherp aan.
‘Hoe weet u dit?’
‘Uit betrouwbare bron.’
‘Wie?’ drong De Klerck aan.
‘Ik heb haar beloofd haar ongenoemd te laten.’
‘Haar? Mag ik aannemen dat zij wel weet waarover de onenigheid ging?’
‘Dat mag u. Ik heb ook beloofd daarover te zwijgen. U zult haar naam van mij niet horen, maar ik verzeker u dat zij volledig losstaat van de moord. Ik sta in voor haar onschuld. U moet Stefan le Couvreur hebben.’
‘En uw bewijs?’
Paternotte zuchtte omstandig.
‘Dat heb ik niet.’
Rechercheur De Klerck knikte lichtelijk teleurgesteld.
‘Dus dit is slechts een verdachtmaking?’
Lambert Paternotte kreunde gekweld.
‘Ik ben geen ooggetuige, nee,’ riep hij strijdlustig. ‘Ik kan tot mijn grote spijt u ook geen bewijsstukken overhandigen. Maar Stefan le Couvreur zit achter de moord op Ewout van Bokhoven, dat kunt u gerust van mij aannemen.’
‘Wij nemen gewoonlijk niets aan.’
‘Licht hem dan door,’ schreeuwde de vertegenwoordiger getergd. ‘U zult er absoluut geen spijt van krijgen.’

Ruben Klaver zat met diep gefronste wenkbrauwen achter zijn bureau, zijn blik was strak gericht op het beeldschermpje van zijn smartphone. De binnenkomst van De Klerck scheen hij niet te bemerken.
De Klerck roffelde op zijn bureau. Zijn jonge collega keek verschrikt op.
‘Wat is er?’ stamelde hij.
‘Wat neemt jou zo in beslag dat je niets merkt?’
‘Wat?’ Hij hield zijn telefoon omhoog. ‘Ik lees een e-book. De vertaling van het boek dat jij op de plaats delict vond.’

'Spannend?'
'Ja, best wel,' sprak Klaver enthousiast. 'Het is natuurlijk enkel een pulpromannetje, maar ik heb toch moeite het weg te leggen. Het leest als een trein.'
'Waar gaat het over?'
'Wat Oscar Kamp gisteren al vertelde. Het is een klassiek thema, de driehoeksverhouding. De bedrogen man neemt op gruwelijke wijze wraak. De parallellen met onze zaak zijn frappant.'
'Zoals?'
Ruben Klaver leunde wat achterover.
'De keuze voor het wapen. Een kruisboog. In plaats van een pijltje schiet de bedrogen man met een pen en treft zijn slachtoffer in het oog. Een Parker.'
De Klerck knikte bedachtzaam.
'Wat drijft hem bij de keuze voor dat wapen?'
'Zijn slachtoffer gaat vreemd met een fabrikant van pennen,' legde Klaver uit. 'De moord is religieus geïnspireerd. De dader verwijst naar een bijbeltekst. Indien uw oog u tot zonde verleidt, steek hem uit. Dat moet wel het motief van onze moordenaar zijn.'
'Of hij wil dat wij dat denken,' sprak De Klerck peinzend. 'De man die ik zojuist sprak, vermoedt een heel andere toedracht. Een zakelijke ruzie.'
'Wie wijst hij als dader aan?'
'Stefan le Couvreur.'
Ruben Klaver zette grote ogen op.
'De digitale belager van onze Laurette Kasemier?' reageerde hij ontzet. 'Wie was dat… de man die Le Couvreur kwam aangeven?'
'Lambert Paternotte, vertegenwoordiger. Hij wilde zijn voormalige werkgever erbij lappen.'
'Je bedoelt… het is niet serieus?'
Rechercheur De Klerck schudde zijn hoofd.
'Ik neem het wel serieus, al sluit ik niet uit dat voor Lambert Paternotte rancune de belangrijkste drijfveer is. Hij kon, of wilde, niet vertellen waarop zijn beschuldiging is gebaseerd, behalve dat Le Couvreur en Van Bokhoven ruzie hadden.'
'Een zakelijke ruzie… waarover?'
'Zelfs dat kon Lambert Paternotte niet vertellen. Hij had het uit

derde hand, van een vrouw wier naam hij weigert te noemen. Het is allemaal te vaag en de bewijzen bleven achterwege.'
'Zou zijn bron soms Laurette Kasemier zijn?'
De Klerck haalde de schouders op.
'Ik denk eerder aan de buurvrouw, Marloes van Ravenstein. Lambert Paternotte is bevriend met haar broer.'
'De buurvrouw die erom bekend staat dat ze Van Bokhoven begluurde. De bemoeial van hiernaast.'
De Klerck schoof zijn mouw opzij en blikte op zijn horloge.
'We hebben nog genoeg tijd voor jij naar de sectie moet. Laten we de uitgever met een bezoekje vereren. Het is vlakbij, aan het Hofplein.'
Ze stapten via de hoofdingang naar buiten. Het was fel kouder dan gisteren. Een ijzige wind joeg door de Rotterdamse binnenstad. Rechercheur De Klerck was blij met de voering in zijn waxjas. Om zijn oren tegen de koude te beschermen, schoof hij de capuchon ver over zijn hoofd.
Klaver stampte met zijn voeten. Hij had de handen diep in de zakken van zijn parka gestoken.
De Klerck keek meelevend opzij. 'Heb je het koud?'
'Nogal. Deze snijdende wind gaat dwars door alles heen.'
'Heb ik geen last van,' sprak De Klerck grinnikend. 'Mijn waxjas heeft een extra beschermlaagje tegen weersinvloeden.'
Plots kwam Ruben Klaver tot stilstand.
'Wat is er?' vroeg De Klerck.
'Ik bedenk me ineens iets,' begon Klaver. 'Toen jij met Paternotte in gesprek was, kwam Oscar Kamp langs.'
'En? Had hij nieuws?'
'Niet echt. Hij heeft de telefoon van Ewout van Bokhoven doorgelicht. Het leverde een lange lijst met contactpersonen op.'
'Een De Klerck?'
De jonge rechercheur schudde somber zijn hoofd.
'Noch een verwijzing naar een jonge K. Ik denk toch dat hij jou wilde bellen. Jij bent een bekende Rotterdamse speurder. Zou die aantekening verwijzen naar Frans Kreemer? Zou hij Van Bokhoven hebben bedreigd? Door diens toedoen liep hij een fortuin mis.'
Rechercheur De Klerck haalde de schouders op.

Ze slenterden mijmerend verder, bereikten het zebrapad en staken de Coolsingel over. Aan de overkant, op enige afstand van het Weena, bevond zich de Weenaflat, een grauwwitte kolos van twaalf verdiepingen.
Ze stapten onder de arcade voor beschutting tegen de ijzige wind. Het kantoor van de uitgeverij bevond zich op de begane grond, in het midden van de voorgevel. Burgman & Pijffers stond in goudkleurige letters op het grote raam.
Juist toen ze de ingang naderden, ging de deur open en struikelde er een kaalgeschoren man naar buiten. Hij landde hard op zijn handen en uitte een grove vloek. Met een sprong schoot hij overeind en richtte zich naar de ingang, zijn vuisten gebald. Te laat. De deur sloeg met een harde klap dicht.
Hij stak zijn middelvinger op.
'Vuile oplichters,' schold hij.
Met een vertoornd gezicht wendde hij zich af en beende weg, richting het Holiday Inn.
De Klerck voelde de deur. Hij ging open.
Ze stapten een krap kantoortje binnen. Een vrouw stond met haar rug naar hen toe. Ze had vlechtjes in het donkere haar. Bij hun binnenkomst draaide ze zich met een ruk om, haar gezicht stond op onweer. Haar gelaatstrekken ontspanden zich onmiddellijk toen De Klerck zijn capuchon naar achteren duwde.
Vriendelijk knikte ze hen toe.
'Goedemorgen, heren,' zei ze. 'Wat kan ik voor u betekenen?'
Rechercheur De Klerck glimlachte.
'Wij komen voor de heer Le Couvreur. Is hij aanwezig?'
'Hebt u een afspraak?'
'Nee. Wij zijn beide rechercheurs van de politie.'
De vrouw met de vlechtjes trok een wenkbrauw op.
'Politie? Wij hebben toch niets verkeerds gedaan?' Er klonk een lichte trilling in haar stem. 'Wat heeft dit te betekenen?'
De Klerck stak zijn handen op in een sussend gebaar.
'Wij hebben enkele routinevragen,' sprak hij vriendelijk. 'Kan hij ons ontvangen?'
Haar gezicht ontspande enigszins.
'Ik zal het even vragen.'

Haar lage hakjes klosten op de parketvloer.
Ze klopte op een tussendeur en wachtte op een reactie. Toen ze een "ja" hoorde, opende ze de deur en stapte naar binnen. De deur ging op een kier. In het vertrek bromden een paar gedempte stemmen. Vrijwel ogenblikkelijk kwam de vrouw terug.
'Stefan le Couvreur, de uitgever, heeft vijf minuten voor u.'
Ze loodste hen het dieperliggende vertrek binnen. Er hing een sterke sigarettenlucht.
Vanachter een hoog, mahoniehouten bureau kwam een korte, gedrongen man overeind. Donkere, sprietige haren staken uit zijn schedel omhoog als borstelharen. Hij droeg een zilvergrijs colbertje over een zwarte coltrui. De lichtbruine, alerte ogen stonden iets te dicht bij elkaar. Het gaf hem een welhaast dierlijke uitstraling.
Hij stapte om het bureau en stak joviaal een hand naar voren.
De Klerck overbrugde de afstand. Vriendelijk glimlachend drukte hij de toegestoken hand, die warm en krachtig aanvoelde.
'De Klerck,' stelde hij zich voor. 'En dit is mijn gewaardeerde collega Ruben Klaver. Wij zijn als rechercheurs verbonden aan het hoofdbureau.'
De ogen van Stefan le Couvreur vernauwden zich iets.
'Waarmee kan ik u van dienst zijn?' vroeg hij onzeker.
'Wij zijn hier inzake de moord op notaris Van Bokhoven,' legde De Klerck uit. 'Klopt het dat u afgelopen zaterdag bij hem op bezoek bent geweest?'
Stefan le Couvreur knikte gedecideerd.
'Ja, ik had een kort gesprek met hem, op zijn verzoek.'
De uitgever gebaarde naar een hoek waar vijf comfortabele fauteuils in een kring stonden. Een wand werd volledig in beslag genomen door een hoge boekenkast met overvolle planken.
'Zullen we daar plaatsnemen?'
De Klerck tastte de gelaatstrekken van de uitgever af. Zijn leeftijd was moeilijk te raden. Was hij van middelbare leeftijd of ouder?
Stefan le Couvreur schraapte zijn keel.
'Goed, u wilt natuurlijk weten waarover ik met Ewout sprak. Daarvoor moet ik u eerst een korte introductie geven. Burgman & Pijffers kent een rijke historie sinds onze oprichting in 1958. Onze grootste auteur is zonder twijfel Geoffrey Parker. Wellicht zegt de

naam u iets. Hij werd wereldberoemd met zijn creatie Don Fernando, de Amerikaanse speurneus, de held van de onderwereld van Chicago. Geoffrey Parker overleed in de jaren tachtig.'
Rechercheur De Klerck knikte glimlachend.
'De naam klinkt mij welbekend in de oren. Parker was het pseudoniem van een Nederlander, een Rotterdammer van geboorte.'
Stefan le Couvreur knikte stralend.
'Ja, dat klopt helemaal.'
'Heette hij in werkelijkheid niet Frederik Johannes Poleij?'
De uitgever applaudisseerde.
'Uw geheugen is werkelijk excellent, meneer De Klerck,' sprak hij opgetogen. 'Hij was onze bestsellerauteur. Zijn naam is nog altijd kapitalen waard. Laat de naam Geoffrey Parker vallen en iedereen in het boekenvak spitst de oren! Wij brengen sinds enige tijd al zijn verhalen als e-book uit.'
De Klerck glimlachte.
'Uw onderhoud met Ewout van Bokhoven ging daarover?'
Stefan le Couvreur gaf niet onmiddellijk antwoord. Er gleed een geheimzinnig lachje over zijn wat bolle gezicht.
'Wat ik u nu vertel, is in het striktste vertrouwen en in ruil voor uw belofte dat u deze informatie met niemand deelt. Met niemand, begrepen? Er is een onbekend manuscript van Geoffrey Parker opgedoken. Ewout van Bokhoven heeft het jarenlang in bewaring gehad.'
De Klerck floot bewonderend.
'Dit zal wel een grote schok in de boekenwereld teweegbrengen.'
Stefan le Couvreur knikte glimlachend.
'Dat denken wij ook. Ik wist niet wat ik hoorde toen Ewout mij belde. Kunt u zich mijn opwinding voorstellen? Al bijna veertig jaar is er geen nieuwe Geoffrey Parker op de markt verschenen.'
'U ging naar Hillegersberg?'
'Als de wiedeweerga. De notaris haalde de envelop uit de kluis en overhandigde haar. Bij het zien ervan ben ik uit mijn slof geschoten. Op de envelop stond "Voor Burgman & Pijffers", maar de verzegeling was reeds verbroken.'
'Door Ewout van Bokhoven?'
Stefan le Couvreur knikte heftig. Hij maakte een geïrriteerd gebaar.

'Hij had zijn nieuwsgierigheid niet kunnen bedwingen en het manuscript gelezen. Ik was zeer ontstemd. Een handeling een notaris onwaardig!'
'Hij had u de envelop verzegeld ter hand moeten stellen.'
'Precies!'
'Wat was zijn reactie?'
Stefan le Couvreur krabde zich op het achterhoofd.
'Hij deed erg luchtig, waardoor ik in grote woede ontstak. Ik stond gewoon te briesen. Met de envelop onder mijn arm ben ik weggelopen.'
'Dat was uw laatste contact met hem?'
Stefan le Couvreur knikte mistroostig.
'Achteraf betreur ik mijn driftige reactie. Uiteindelijk had het niet veel voeten in de aarde, wat Ewout van Bokhoven deed. Het irriteerde me vooral omdat ik het verhaal als eerste had willen lezen, dat is mijn privilege als uitgever.'
Rechercheur De Klerck knikte begripvol.
'Omdat Geoffrey Parker uw bestsellerauteur is.'
'Ja. En jarenlang de kurk waarop Burgman & Pijffers dreef.'
Het bolle gezicht van Stefan le Couvreur versomberde.
'Misschien is Ewout daarom vermoord,' suggereerde hij. 'Door iemand die dacht dat hij het manuscript nog had. Er is veel geld mee gemoeid. Natuurlijk kan niemand anders het uitbrengen, maar een gewetenloze dief zou een fors losgeld kunnen opeisen.'
'Hoeveel?'
'Zeker een ton.'
'Honderdduizend euro?' reageerde De Klerck verwonderd. Hij floot. 'En u zou bereid zijn die som te betalen?'
'Zonder aarzelen,' sprak de uitgever doodgemoedereerd. 'We hebben het hier wel over een nieuwe Geoffrey Parker. Dat bedrag zouden we probleemloos terugverdienen. Maar gelukkig is het manuscript niet gestolen.'

8.

Rechercheur De Klerck liet de woorden van de uitgever op zich inwerken. Vormde dit kostbare manuscript de achtergrond van de moord? In gedachten liep de Rotterdamse speurder alle feiten na. Hij kon geen aanknopingspunten vinden.
Ewout van Bokhoven was vermoord en het enige wat de moordenaar had achtergelaten, was een Engelstalige pocket, geschreven door Peter Roylott, een andere schrijver waarvan Burgman & Pijffers de Nederlandse vertalingen uitgaf. In de woning was niets overhoop gehaald, zoals was te verwachten bij een zoektocht naar een manuscript.
De Klerck keek de uitgever aan.
'Wie waren van uw ruzie met Ewout van Bokhoven op de hoogte?'
'Alleen hij en ik,' zei Stefan le Couvreur. Hij krabde zich op zijn achterhoofd. 'En ik heb Theresia, mijn assistente, gisteren volledig ingelicht, kort nadat het droevige nieuws van Ewouts dood ons bereikte.' Hij zuchtte diep. 'Weet u zo genoeg?'
De uitgever maakte aanstalten om overeind te komen.
Ruben Klaver schraapte zijn keel.
'Er is nog een andere kwestie,' merkte hij op. Hij keek zijn leermeester veelbetekenend aan. 'Je zou het vergeten. Amor Vincit.'
De Klerck knikte instemmend. Hij richtte zich tot de uitgever.
'Zaterdagavond heb ik iemand gesproken die u kent, op niet zo'n fijne manier. Laurette Kasemier… een uitgeefster van liefdesromans. Volgens haar terroriseert u haar op Facebook.'
Het bolle gezicht van Stefan le Couvreur kreeg een kleur.
'Ervaart zij het zo?' reageerde hij ongelovig. Het klonk geagiteerd. 'Als terroriseren? Wat een absurde gedachte. Zo heb ik het zeker niet bedoeld. Maar we leven in een vrij land, we hebben vrijheid van meningsuiting. Van dat recht heb ik gebruik gemaakt.'
'Binnen de grenzen van het fatsoenlijke?'
'Zeker. Kijk, tegenwoordig kan iedereen een boek uitgeven. Ik maak me daardoor grote zorgen over het boekenvak. Er is veel kaf onder het koren. Wat mevrouw uitgeeft, is van inferieure kwaliteit. Ze is een onhandige hobbyist, misschien met goede bedoelingen, maar ze

vervuilt de markt.'
'Op welke manier?'
'In onze eeuw moeten uitgeverijen opboksen tegen andere media,' legde Le Couvreur bedaard uit. 'Televisie, sociale media en de game-industrie zijn onze voornaamste concurrenten. Mensen kopen haar boeken in de veronderstelling een professioneel product in handen te krijgen. Zij kan die verwachting echter niet waarmaken. Daardoor raken kopers teleurgesteld... gedesillusioneerd. Waarom zouden ze nog eens een boek kopen als je ook zoveel andere media hebt om je mee te vermaken? Kortom, wat mevrouw doet, bevordert de ontlezing. Een ramp voor onze branche! Een ramp voor de maatschappij!'
'En dat probeert u haar aan het verstand te brengen?'
'Ja. Er komt steeds meer kaf onder het koren. Die hobbyisten moet je uitkafferen, dan haken ze vanzelf af.'
'Keihard,' concludeerde De Klerck. Sarcastisch voegde hij eraan toe: 'Is dat de ethiek van het uitgeversgilde?'
'Het is van levensbelang voor het voortbestaan van onze branche,' riep de uitgever fel. 'De rotte appels moeten eruit.'
'Toch wil ik u verzoeken Laurette Kasemier voortaan met rust te laten,' sprak De Klerck streng, onverbiddelijk. 'Geen denigrerende opmerkingen op Facebook of andere sociale media. Ik wil geen klachten meer horen.'
Stefan le Couvreur zuchtte omstandig. Hij knikte.
'Goed, als u dat van mij verlangt.'
Hij raadpleegde zijn horloge. Hij kwam overeind.
'Over enkele ogenblikken heb ik een belangrijke vergadering,' sprak hij op gewichtige toon. 'Als u het niet erg vindt, wil ik u verzoeken te vertrekken. Mocht u verdere vragen hebben, dan kunt u via Theresia een afspraak maken.'
Ze stonden op. Stefan le Couvreur stak de Rotterdamse speurder de hand toe.
'Nog een vraagje, meneer De Klerck,' begon hij met een kwade ondertoon. 'Iemand heeft u op mij geattendeerd, wilde mij erbij lappen. Als potentiële moordenaar, bedoel ik. Was het soms Lambert Paternotte?'
Rechercheur De Klerck ging er niet op in.

'U moet dan één ding goed beseffen,' ging Stefan le Couvreur driftig verder. 'Lambert is jarenlang bij ons in dienst geweest. Tot ik erachter kwam dat hij ons bedonderde en ik hem ontsloeg. Hij beweerde boekhandels te bezoeken. Toen ik naspeuringen deed, bleken de winkeliers van niets te weten. Ziet u, nog zo'n rotte appel in onze branche.'

De beide rechercheurs trotseerden met grote stappen de snijdende wind. Ruben Klaver stak het zebrapad haastig over. Het gesprek met Stefan le Couvreur had wat langer geduurd dan vooraf gedacht. Over een half uur werd hij al bij het NFI verwacht.
Toen ze de overzijde bereikten, keek de jonge rechercheur De Klerck van opzij aan.
'Als je het niet erg vindt, ga ik hollen.'
'Ga maar.'
Binnen enkele tellen zag de Rotterdamse speurder zijn assistent opgeslokt worden door de mensenmassa op het brede trottoir van de Coolsingel. Het was lunchuur en de kantoren liepen leeg. In een rustiger tempo vervolgde De Klerck zijn weg.
Het onderhoud met de uitgever had nieuwe gedachten bij hem losgeweekt. Wat hem vooral intrigeerde, was het mogelijke verband tussen aan de ene kant een dode schrijver en zijn onbekende manuscript, en aan de andere kant het moordwapen. Was de ballpoint van het merk Parker een weinig subtiele verwijzing naar Geoffrey Parker? Of wilde de dader juist dat ze dat zouden denken?
Enkele voetgangers keken verwonderd op. Een klagende misthoorn liet van zich horen.
De Rotterdamse speurder graaide naar zijn telefoon.
'Meneer De Klerck?' kraste een stem. 'Met Patricia... Patricia Kreemer. Ik zou u nog bellen als mijn neefje thuiskwam.'
'Is hij er?'
'Vijf minuten geleden stapte hij binnen.'
Uit de richting van het Pompenburg hoorde hij een bekend geluid. Het geluk was met hem. De tram van lijn 7 was in aantocht, naderde al het Hofplein. Hij wilde geen seconde verknoeien – door eerst terug te lopen naar het hoofdbureau om een recherchewagen te regelen – voor het geval Frans Kreemer opnieuw zou verdwijnen.

Onmiddellijk zette hij het op een hollen, terug naar het Hofplein. De tram kwam op het Weena tot stilstand.
Er kwam geen autoverkeer. De Klerck negeerde daarom het rode voetgangerslicht en stormde tussen uitstappende reizigers door het perron op.
Net op tijd sprong hij naar binnen. Met een sissend geluid sloten de deuren zich achter hem. Tevergeefs zocht hij een plekje in de overvolle, maar warme tram. Eerst nadat ze het Centraal Station hadden aangedaan, werd het rustiger.
Tien minuten later stapte hij uit de tram. In hoog tempo beende hij naar het aan het Westplein gesitueerde Atlantic House. De lift bracht hem naar de vijfde verdieping.
Voor de Rotterdamse speurder op de bel kon drukken, zwaaide de deur van het appartement al open. In de deuropening stond het oude dametje.
'Kom stilletjes binnen,' sprak Patricia Kreemer op samenzweerderige fluistertoon. 'Hij weet nog van niets. Loopt u maar door naar de woonkamer, dan roep ik hem.'
De Klerck deed zoals hem was gevraagd. Hij nam plaats op een van de lange banken. Lang hoefde hij niet te wachten.
De man met vuurrood krulhaar die met grote passen en een verwonderde blik de kamer binnenstapte, was midden dertig. Hij droeg een lichtgrijze, slobberige joggingbroek en een roodwollen trui. Hij had een bol gezicht en een vlasachtig baardje.
In zijn ogen glansde achterdocht.
'Frans Kreemer?' vroeg De Klerck vriendelijk.
'Ja?'
Patricia Kreemer slofte het vertrek binnen.
'Deze meneer is van de recherche,' kraakte haar stem.
Frans Kreemer slikte zichtbaar.
'Recherche? Ik heb niks gedaan.'
Hij keek de politieman uitdagend aan.
'Het gaat over de erfenis,' verduidelijkte Patricia Kreemer. 'Toe jongen, ga zitten.'
Met duidelijke tegenzin gaf hij aan haar verzoek gehoor. Hij koos een positie op ruime afstand van De Klerck.
De Rotterdamse speurder leunde naar voren, zijn ellebogen rustend

op de knieën, zijn handen gevouwen.
'U zult het wel hebben gehoord,' begon hij op vriendelijke toon. 'De gewelddadige dood van notaris Van Bokhoven. Een man aan wie u onprettige herinneringen hebt.'
Frans Kreemer brieste.
'Een smeerlap.'
Het klonk verbitterd.
'U meende recht te hebben op de volledige erfenis?'
'Ik heb tante Sabine tot het einde toe verzorgd... liefdevol. De anderen kwamen maar af en toe langs. Om een wit voetje te halen. Tante Sabine stemde ermee in dat ik na haar dood hier kon blijven wonen. Ze zou een testament maken ten gunste van mij. De notaris heeft haar dat uit het hoofd gepraat.'
'Maar u woont hier toch nog?'
Frans Kreemer trok minachtend een lip op.
'Dat is niet hetzelfde. Tante Sabine had beloofd dat ik haar enige erfgenaam zou zijn. Toen wij naar dat kantoor gingen, zag ik direct dat Van Bokhoven mij niet mocht. Hij gunde me m'n erfenis niet. Die ellendige pennenlikker heeft me een rotstreek geleverd.'
'Hoe kwam u bij hem terecht?' vroeg De Klerck.
'Iemand tipte mij.'
'Wie?'
'Dat zeg ik u niet. Zij staat er volkomen buiten.'
'Zij?'
Frans Kreemer maakte een wrevelig gebaar.
'Ik dacht dat hij een goede zou zijn. Een halfjaar later ontdekte ik zijn rotstreek met twee verschillende testamenten.'
'En nou is hij vermoord.'
'Dat zal hij wel over zichzelf hebben afgeroepen,' sprak Frans Kreemer met vlammende ogen. 'Ik bedoel... kijk eens hoe hij met zijn vrouw omging.'
Rechercheur De Klerck trok zijn wenkbrauwen iets op.
'U bent bekend met zijn privésituatie?'
Frans Kreemer schudde zijn hoofd.
'Ik zag hem wel eens in de stad rondlopen met zo'n jonge meid om zijn nek. Telkens andere meiden. En op tijdstippen dat hij met zijn echtgenote in bed had kunnen liggen.'

'Hebt u hem na het openen van het testament nog opgezocht?'
Frans Kreemer keek weg.
'Nee.'
De Klerck keek de jonge Kreemer vorsend aan.
'Nee, echt niet?'
'Oké, dan,' gaf hij toe. 'Eén keer. Ik ben bij hem aan de deur geweest. Om mijn hart te luchten. Ik riep dat hij zijn pen in z'n... eh, nou ja, dat weet u wel... kon steken.'
'Hoe reageerde hij?'
'Ja, wat denkt u? Hij werd kwaad. Schreeuwde dat ik moest opdonderen.'
'En u ging?'
'Ja. Ik voelde me opgelucht.'
De Klerck liet een stilte vallen waarin hij peinzend naar Frans Kreemer tuurde.
'Weet u wat ik denk? Van Bokhoven was van plan contact met mij op te nemen.' Hij wees naar de jongeman. 'Over u. Hij voelde zich bedreigd. Maar voor hij mij kon spreken, bent u nog een keer gegaan. Zogenaamd de redelijkheid zelve. U wilde het uitpraten, uw verontschuldigingen aanbieden. Hij was blij verrast met uw billijkheid en liet u binnen. Jullie hebben gezellig zitten praten. Van Bokhoven dommelde in slaap. Toen kwam u op het idee. Hij was weerloos. U vermoordde hem. In koelen bloede.'
Nijdig sprong Kreemer op. Hij priemde een vinger beschuldigend naar De Klerck.
'Dat is een verrotte leugen,' schreeuwde hij met overslaande stem. 'Ik heb van die ellendeling nog geen haar gekrenkt. Dat is toch zinloos, man. Krijg ik daarvoor terug waar ik recht op heb? Nou dan!'

In de hal van het hoofdbureau wenkte Patrick van Gessel, de dienstdoende wachtcommandant, hem vanachter de balie. De Klerck liep op hem toe.
'Waar ben jij geweest?' vroeg Van Gessel met luide stem. 'Je zou toch met Ruben Klaver naar de Weenaflat?'
'Ja. Daarna kwam er iets tussen.'
De wachtcommandant gebaarde naar de uitgang.
'Je kunt terug.'

'Naar uitgeverij Burgman & Pijffers?'
Patrick van Gessel knikte fanatiek. Hij graaide naar een memoblaadje. 'Ene Stefan le Couvreur belde zojuist en vroeg speciaal om jou. Ik heb je geprobeerd te bellen...'
De Klerck knikte begrijpend. Na het telefoontje van Patricia Kreemer had hij zijn smartphone uitgeschakeld om verlost te zijn van de oneindige stroom onbeduidende berichtjes van overenthousiaste collega's.
'Wat wilde Le Couvreur?'
'Er is gebeurd waarvoor hij vreesde. Er schijnt een heel kostbaar manuscript uit de burelen van Burgman & Pijffers te zijn ontvreemd.'

9.

Ruben Klaver stapte met een gelukzalige glimlach de recherchekamer binnen. Zijn lichte ogen glinsterden.
Rechercheur De Klerck zag het met verbazing aan.
'Sinds wanneer zijn secties zo leuk?' vroeg hij. 'Je grijnst alsof je de hoofdprijs in de staatsloterij hebt gewonnen.'
De jonge rechercheur zakte voldaan onderuit op zijn bureaustoel.
'Misschien is dat net zo'n ervaring, net zo'n sensatie,' sprak hij geheimzinnig. 'Ik ben blij dat ik ben gegaan en heb kennisgemaakt met dokter Bittersma.'
De Klerck fronste zijn wenkbrauwen.
'Is de nieuwe patholoog zo'n bijzondere man?'
Klaver schudde grijnzend zijn hoofd.
'Een vrouw. Volg je de groepsappjes van onze collega's niet? Een bloedmooie meid, beweerden ze. Daar blijkt geen woord van gelogen. Tegen haar kan zelfs Laurette Kasemier niet op. Na afloop nodigde Sjoukje Bittersma me uit voor een kopje koffie in het restaurant van het Nederlands Forensisch Instituut.'

De wenkbrauwen van De Klerck gingen omhoog.
'Jij en zij... met z'n tweeën?'
'Met haar assistent en Ben Bamenga, die per se mee wilde. Ze is niet alleen een vrouw van verbluffende schoonheid, maar ook intelligent en een geweldige causeur. Ik heb me in lange tijd niet zo vermaakt. De anekdotes die zij vertelt zijn pure entertainment.'
De Klerck glimlachte.
'Dan neem ik de volgende sectie voor mijn rekening.'
'O nee,' protesteerde zijn jonge collega plagend. 'Als ik je vrouw over Sjoukje vertel, krijg jij geen toestemming.'
De Klerck schoot in de lach.
'Vertel jij Josina vanavond dan wel over die bloedmooie meid?' vroeg hij met een vette knipoog. 'Over jullie onderonsje in het restaurant?'
Klaver grijnsde alleen.
'En?' vroeg De Klerck. 'Wat leverde de sectie op?'
'Wat dokter Goldschmitz al voorspelde,' antwoordde Klaver ernstig. 'Ewout van Bokhoven bezweek aan inwendige bloedingen veroorzaakt door het voorwerp in zijn oog. Maar Sjoukje gelooft niet dat de Parker erin werd geschoten.'
De Klerck schoof wat naar voren op zijn bureaustoel.
'De pen is niet met een kruisboog afgeschoten?'
'Nee,' sprak Klaver somber. 'Het is best akelig. De Parker is erin getimmerd. Met een hamer of een ander stuk gereedschap. Sjoukje kon in de hersenen zes verschillende slagen onderscheiden.'
Rechercheur De Klerck wreef over zijn stoppelige kin.
'Dat is in tegenspraak met de omslag van de pocket,' sprak hij bedachtzaam.
Klaver knikte.
'De dader zet ons bewust op het verkeerde been.'
'De pocket lag opengeslagen op een pagina waarin een overspelige vrouw met een kruisboog wordt bedreigd. Daardoor associeerden we de moord ook met overspel. Is dat tevens een vorm van misleiding? Heeft deze moord een heel andere achtergrond?'
De beide rechercheurs zwegen opnieuw enige tijd, beiden verzonken in gedachten. Het was Klaver die de stilte verbrak.
'Sjoukje heeft ook de maaginhoud bekeken.'

'En?'

'Ewout van Bokhoven heeft kort voor zijn dood een ruime hoeveelheid wijn gedronken en hartige hapjes genuttigd. Maar weet je wat gek is?'

'Nou?'

'Ik heb Oscar Kamp gebeld. Hij heeft op de plaats delict geen aangebroken wijnfles en glas aangetroffen. Ook geen overgebleven hapjes of een schaal waarop ze lagen.'

De Klerck knikte bedachtzaam.

'Die sporen heeft de moordenaar uitgewist. Hij heeft samen met de notaris bij de open haard gezeten, als de beste vrienden. In de wijn… of in de hapjes… zat een verdovend middel. Ewout van Bokhoven raakte bedwelmd, zonk weg in een coma.'

Ruben Klaver knikte verwoed.

'Daarna heeft de dader de Parker door de oogbal getimmerd. Het was een buitengewoon doortrapte daad, sadistisch… duivels.'

'Een daad die ik niet kan verenigen met Frans Kreemer,' sprak De Klerck, hardop denkend. 'Hem kan ik niet plaatsen in de rol van welkome, bezoekende vriend.'

Klaver was niet zo overtuigd.

'Na de moord is hij niet meer opgedoken,' herinnerde hij zijn leermeester.

Rechercheur De Klerck schudde zijn hoofd.

'Zijn tante belde, ik heb hem gesproken.'

'Is hij de jonge K?'

'Nee, te oud. Ik schat hem op midden dertig, niet veel jonger dus dan Ewout van Bokhoven. Voor de jonge K dient een andere kandidaat zich aan.'

'Wie?'

'De kandidaat is verdachte in een andere zaak. Na ons bezoek ben ik nog een keer naar Burgman & Pijffers geweest. Stefan le Couvreur belde om een diefstal te rapporteren.'

'Wat is er gestolen?'

'Het manuscript van Geoffrey Parker.'

'Wat?' reageerde Klaver geschrokken. 'Dat kan toch niet waar zijn? De uitgever heeft het zaterdag pas in handen gekregen.'

De Klerck knikte instemmend.

'Stefan le Couvreur is er zeker van dat het manuscript vanochtend nog in zijn bureau lag. Hij verwacht dat de dief losgeld zal eisen.'
'Was het dan bekend dat hij over dit manuscript beschikte?'
'Bij een beperkt aantal mensen, beweert de uitgever. Zij kunnen op hun beurt anderen hebben ingelicht. Stefan le Couvreur meent echter te weten wie de dief is. Zijn naam is Brian Jongkind. Doet die naam geen belletje rinkelen?'
'Jongkind? Brian Jongkind?'
Klaver schudde zijn hoofd. Plotseling lichtte zijn gezicht op.
'De jonge K!'
Rechercheur De Klerck glimlachte.
'Zo laat het zich aanzien,' zei hij kalm. 'Brian Jongkind is schrijver bij Burgman & Pijffers. Vandaag kwam hij onverwachts naar het kantoor. Om ruzie te maken. Hij was ontevreden over de royalty's die hij had ontvangen.'
Klaver fronste zijn wenkbrauwen. 'Royalty's?'
'Een auteur ontvangt een percentage van de verkoopprijs van zijn boek,' legde De Klerck uit. 'Dat bedrag noemen ze royalty's. Brian Jongkind was het oneens met de laatste uitkering. Volgens Le Couvreur was er sprake van een onbeduidende rekenfout.'
'En die schrijver stal uit onvrede het manuscript?'
'Dat is de onwankelbare overtuiging van Stefan le Couvreur,' bevestigde De Klerck. 'Kennelijk is hij even naar het toilet geweest. In dat onbewaakte ogenblik kan Jongkind hebben rondgesnuffeld. De schrijver is echter niet de enige met gelegenheid het manuscript weg te nemen. Laten we niet Theresia vergeten, de uitgeefassistente. En kort na ons bezoek ontving de uitgever twee mensen voor een gesprek. Maarten en Marloes van Ravenstein.'
Ruben Klaver keek zijn oudere collega verrast aan.
'Waarom waren zij daar?' vroeg hij.
'Maarten en Marloes zijn aandeelhouders van de uitgeverij.'
Ruben Klaver knikte begrijpend. Hij keek peinzend voor zich uit.
'Ineens krijgt ons onderzoek een ander karakter. Dat manuscript zou wel eens de inzet van de dader kunnen zijn. Op zaterdag gaf de notaris het aan Le Couvreur, op zondag kwam de moordenaar. Die zal hebben gedacht dat Ewout van Bokhoven het nog in bewaring had. De dader ging naar het Weena. Er waren vijf personen aan-

wezig. Daarvan hebben Maarten en Marloes van Ravenstein geen belang bij de diefstal.'
De Klerck knikte.
'Als aandeelhouders profiteren zij van een verkoopsucces,' legde hij uit. 'Een welkome aanvulling op hun vermogen. Datzelfde geldt in mindere mate voor de uitgeefassistente en de uitgever zelf. Brian Jongkind is de meest waarschijnlijke verdachte.'
'Weet hij dan van het bestaan van het manuscript?'
Rechercheur De Klerck haalde de schouders op.
'Dat valt nog te bezien. Gezien de opwinding over dit manuscript is het beslist denkbaar dat hij erover hoorde.'
'Brian Jongkind is als schrijver aan Burgman & Pijffers verbonden.'
'Precies.'
'Wie weten nog meer van het manuscript? Laurette Kasemier?'
De Klerck haalde de schouders op. 'We weten niet hoe lang Ewout van Bokhoven wist dat dit manuscript in zijn kluis lag. Was het een plotselinge ontdekking? Had het verborgen gezeten tussen andere documenten? We kunnen het hem niet meer vragen.'
Klaver maakte een vaag gebaar. 'Hoe ziet het manuscript eruit?'
'Het verhaal is getypt op losse vellen papier, opgeborgen in een bruine kartonnen map. Ik heb er in de ruimten van de uitgeverij tevergeefs naar gezocht. Van het manuscript is welgeteld één blad overgebleven. Stefan le Couvreur had het uit de map genomen om het aan zijn bezoekers te tonen. Ik heb dat blad meegenomen en zorgvuldig opgeborgen... om vergelijkingsmateriaal te hebben.'
'Zijn er doorslagen?'
Rechercheur De Klerck schudde mistroostig zijn hoofd.
'Le Couvreur had zijn assistente gevraagd het manuscript te digitaliseren. Dat was nog niet gebeurd. Zonder die kartonnen map kan het laatste boek van Geoffrey Parker nooit worden uitgebracht.'
'Dan is de dief juist op tijd om een losgeld te eisen.'
'Inderdaad.'
Ruben Klaver dacht even na.
'Heb je al met Brian Jongkind gesproken?' vroeg hij.
'Nog niet. Ik wachtte liever op jou. Het is wat later geworden, doordat je werd opgehouden door die oogverblindende patholoog. Het schemert al. Misschien kan ik beter alleen gaan.'

'Hoezo?' reageerde Klaver vol onbegrip. 'We gaan toch altijd samen?'
'Gisteren werd het ook laat. Dat kan ik je vrouw niet nog eens aandoen. Jongkind woont in Hellevoetsluis.'
'Nou en? We naderen de ontknoping. Ik zal Josina bellen.'
De jonge rechercheur graaide zijn telefoon van het bureau en kwam overeind. Plots sloeg hij zich voor het hoofd.
'Helemaal vergeten,' riep hij gefrustreerd.
'Wat?'
'Het moordwapen. Tijdens de sectie heeft Sjoukje het uit het hoofd verwijderd. Het was het model Jotter van Parker. Er was iets bijzonders mee, maar het schiet me niet te binnen.'
'Stond er een logo op de zijkant? Een bedrijfsnaam?'
Klaver knikte opgetogen.
'Ja, dat was het. Een beeldmerk. Een hartje met een pijltje erdoor. De ballpoint was volgens Sjoukje een uniek exemplaar. Ze heeft nooit eerder een met donkerroze inkt gezien.'
Rechercheur De Klerck verstijfde. Het duurde maar even. Hij trok een lade open en haalde de pocket eruit die Laurette Kasemier hem zaterdagavond had gegeven. Hij draaide de rugzijde naar zich toe. Onderaan stond het beeldmerk van Amor Vincit Publishing.
Het was een hartje met een pijltje erdoor.

10.

Tijdens de rit naar Hellevoetsluis bracht rechercheur De Klerck lange tijd geen woord uit. Peinzend staarde hij naar de weg. Had hij zich toch in haar vergist? Was die Parker een uniek exemplaar, de enige in zijn soort? Had de sympathieke uitgeefster uit Dordrecht haar ex dan toch vermoord? Vanwege de scheiding... het getreiter van Le Couvreur... of speelde zelfs het manuscript een rol?
Op zaterdagavond schreef ze het adres op van uitgeverij Burgman & Pijffers. Ze maakte de notitie met een zilverkleurige Parker met

donkerroze inkt. Hij kon moeiteloos haar sierlijke letters voor de geest halen. Een dag later sloeg iemand Ewout van Bokhoven dezelfde Parker door zijn oogbal rond de tijd dat Laurette Kasemier haar ex bezocht. Deed zij het zelf? Of had ze haar ballpoint bij Van Bokhoven laten slingeren?

Ze waren al op de brug over het Brielse Meer toen De Klerck opzij keek.

'Heb je nog bij het casino nagevraagd hoe laat Maarten van Ravenstein daar was?'

Ruben Klaver schudde zijn hoofd.

'Glad vergeten,' sprak hij gefrustreerd. 'Dat doe ik morgenochtend wel.'

Er knaagde iets bij De Klerck. Hoe laat was Laurette Kasemier zondagavond bij haar ex geweest? Maarten van Ravenstein, die haar in zijn koplampen zag opduiken, kon geen exact tijdstip noemen. Zijn zus had gezegd dat hij om halfnegen van het casino terugkeerde, waarop hij met verbazing reageerde. Hij had gedacht dat het veel later was. Laurette zelf gokte haar aankomst op negen uur.

Had Marloes van Ravenstein gelogen? Hield ze haar voormalige buurvrouw de hand boven het hoofd? Het onblusbare gevoel bekroop de Rotterdamse speurder dat de aandeelhoudster van Burgman & Pijffers veel meer wist. Was zij degene die Lambert Paternotte inlichtte over de ruzie tussen Van Bokhoven en Le Couvreur? Wist zij van het bestaan van het manuscript? Of hoorde ze pas erover tijdens die hoogoplopende ruzie? Ze kon hierover ook Laurette hebben ingelicht.

Voor zijn geestesoog zag hij weer hoe Marloes van Ravenstein vanuit haar woning de verrichtingen van de recherche volgde, observeerde. Hij herinnerde zich hoe hun blikken zich hadden gekruist. Wat had hij in haar ogen gelezen? Angst? Onzekerheid? Wat zat haar dwars? Wist ze meer? Hij moest haar gauw weer eens spreken.

Ze reden Hellevoetsluis binnen. Een lange, kaarsrechte weg voerde langs het Kanaal door Voorne. Een brug bracht hen naar de zuidelijke helft van het dorp.

Ze vonden het adres bij winkelcentrum De Struytse Hoek. Er waren appartementen boven een restaurant. Een brede trap voerde naar de eerste verdieping. Ze hadden geluk. De buitendeur zwaaide

juist open en een breedgeschouderde man stapte naar buiten. Toen hij hen op de trap ontdekte, hield hij de deur wat langer open. De Klerck knikte hem dankbaar toe.
De beide rechercheurs stapten in een lange gang. Ze moesten meteen rechts zijn. De Klerck drukte op de bel. In het binnenste van de woning klonk een vriendelijk belletje. Enkele tellen later ging de deur traag open.
De Rotterdamse speurder herkende de kaalgeschoren man onmiddellijk. Hij was degene die uit het kantoor van Burgman & Pijffers was gezet en daarbij ten val kwam. De herkenning was niet wederzijds.
Wantrouwig nam Brian Jongkind de beide rechercheurs op.
'Wat moeten jullie?' bromde hij.
De Klerck glimlachte minzaam.
'Mijn naam is De Klerck,' sprak hij vriendelijk. Hij gebaarde opzij. 'Dit is mijn gewaardeerde collega Ruben Klaver. Wij zijn rechercheurs verbonden aan het Rotterdamse hoofdbureau. U bent de schrijver?'
'Ja.'
'Mogen wij binnenkomen voor een kort onderhoud?'
Brian Jongkind fronste zijn wenkbrauwen.
'Waarover gaat het?'
'Misschien kunnen we dat binnen bespreken.'
Er sloop onzekerheid in de ogen van Jongkind.
'Hij heeft toch geen aangifte gedaan?'
'Wie?'
'Die lulhannes natuurlijk, Stefan… Stefan le Couvreur. Als-ie daarover moeilijk doet, is-ie kleinzeriger dan ik dacht. Dat klapje stelde niets voor.'
Rechercheur De Klerck glimlachte.
'Er is geen aangifte gedaan,' sprak hij geruststellend. Hij gebaarde voor zich uit. 'Mogen we binnenkomen?'
Plotseling grijnsde Brian Jongkind breed.
'Natuurlijk, kom erin, jongens.'
Het klonk vreemd amicaal uit de mond van de schrijver.
Ze stapten een langgerekte hal in. Jongkind liet hen voorgaan. Aan de linkerkant stond een deur op een kier. De Klerck duwde tegen

het hout. Erachter lag de woonkamer. Het maakte een rommelige indruk. Kledingstukken lagen verspreid over het laminaat. Tegen de wanden stonden stapels boeken. Er was een open keuken waarvan het aanrecht bedolven was onder vuil vaatwerk. Het rook er onfris.

Brian Jongkind kuchte.

'Let vooral niet op de rommel,' verontschuldigde hij zich. 'Ga maar ergens zitten waar geen troep op ligt.'

De Klerck gebaarde naar de hoge stapels boeken.

'Hebt u die allemaal geschreven?'

De schrijver glimlachte gevleid.

'Nee, zo hoog is mijn productie niet. Er zijn pas drie boeken van mij verschenen.' Zijn gezicht kreeg een norse uitdrukking. 'Ik vrees dat het daarbij blijft.'

'U hebt onenigheid met uw uitgever?'

Brian Jongkind snoof verachtelijk.

'Onenigheid? Ik heb de staat van beleg afgekondigd... wegens malversaties. Ik heb Stefan le Couvreur jarenlang vertrouwd... als een vader. Hij bleek dat vertrouwen niet waard.'

'Wat is er gebeurd?'

'Ik herinner me nog de eerste keer dat ik op gesprek kwam. Le Couvreur zat vol mooie praatjes. Hij was gecharmeerd van het feit dat ik schrijver Geoffrey Parker persoonlijk heb gekend. Hij voorzag voor mij dezelfde glansrijke toekomst binnen zijn uitgeverij.'

De Klerck glimlachte.

'Een verlokkend toekomstperspectief.'

'Omdat het toch de uitgeverij is van Geoffrey Parker, heb ik een contract getekend. Dat was vijf jaar geleden. Het eerste boek kreeg goede kritieken en verkocht lang niet slecht. Mijn tweede roman werd ook goed ontvangen, maar de verkoop bleef achter bij de eerste. Bij het derde boek leek het erop dat de animo voor mijn boeken wegkwijnt.'

De Klerck fronste zijn wenkbrauwen.

'Dat noemt u malversaties?'

Jongkind knikte heftig. 'Jazeker. Want Stefan le Couvreur bleek een oplichter... een zwendelaar van het zuiverste water. Ik ontdekte dat zijn verkoopcijfers van geen kant kloppen. Mijn boeken zitten juist

in de lift. Elk nieuw boek verkoopt beter dan het vorige.'
'Hoe ontdekte u dat?'
'Door eerst met boekhandelaren te praten. Zij vertelden me hoeveel exemplaren er over de toonbank gingen. Ik telde de aantallen bij elkaar op.'
'En u kwam op een hoger aantal dan uw uitgever?'
Brian Jongkind knikte fel.
'Dat is niet alles. Vorige week ontdekte ik dat er van mijn derde boek twee eerste drukken in omloop zijn.'
De Klerck trok zijn wenkbrauwen hoog op.
'Twee éérste drukken?'
De schrijver grijnsde breed.
'Dat kan natuurlijk niet. Na een eerste druk volgt de tweede, dan de derde, enzovoorts. Maar mijn uitgever laat de eerste drie drukken tegelijk drukken, alledrie binnen dezelfde oplage, maar elk met een ander drukjaar in het colofon. Het is een verkooptrucje.'
Rechercheur De Klerck knikte begrijpend.
'Zodat hij zogenaamd een tweede en een derde druk uitbrengt, waardoor een boek bijzonder succesvol lijkt.'
'Precies,' reageerde Jongkind grijnzend. 'Maar de tweede druk van mijn roman heeft in het colofon een jaartal dat nog moet komen. De uitgever kan die partij niet op de markt brengen tot dat jaar is bereikt. Maar de boeken van de eerste druk zijn al op, zo goed verkoop ik momenteel.'
'Er moest dus een tweede eerste druk komen.'
Brian Jongkind knikte verwoed.
'Waarover Stefan le Couvreur me niet inlichtte. Ik kwam erachter doordat ik bij de drukkerij informeerde. Ziet u, de uitgever beweert dat ik steeds slechter verkoop, terwijl hij in werkelijkheid moet bijdrukken. Het is een fraudeur… een gore oplichter. Ik vermoed dat hij veel meer schrijvers en de belastingdienst oplicht. Ik heb Stefan le Couvreur vanochtend de wacht aangezegd. Ik was razend. Het liep daarbij een beetje uit de hand.'
De Klerck keek hem scherp aan.
'U hebt hem geslagen?'
Brian Jongkind knikte schuldbewust.
'Niet hard, maar ook niet handig. Dat gaat hij in de rechtszaak tegen

mij gebruiken.' Hij zuchtte diep. 'Ik weet niet hoe het nu verder moet. Met mijn schrijverschap, bedoel ik. Als ik een rechtszaak aanspan, wil geen enkele uitgeverij mij nog hebben.'

De Rotterdamse speurder dacht even na.

'Waar was u?'

'Toen ik hem sloeg?'

'Ja.'

'In zijn kantoortje.'

'Getuigen?'

Brian Jongkind schudde zijn hoofd.

'Theresia, zijn assistente, was in het voorste kantoortje. Na mijn klap riep hij haar. Samen hebben ze me hardhandig uit het pand gezet.' Hij hield de handpalmen op. 'Ik heb er deze schaafwonden aan overgehouden.'

'Bent u alleen in zijn kantoortje geweest?'

'Nee.'

'Ook niet even, bijvoorbeeld omdat Stefan le Couvreur naar het toilet moest?'

Brian Jongkind fronste zijn wenkbrauwen.

'Nee.'

Het klonk verwonderd.

Rechercheur De Klerck besloot het onderwerp even te laten rusten.

'Kent u Ewout van Bokhoven?' vroeg hij.

'Dat is toch die notaris die ze koud hebben gemaakt? Jazeker, die heb ik gekend. Niet erg goed, maar ik weet wel wie hij was.'

'Hoe kende u hem?'

'Op de middelbare school was ik bevriend met Maarten van Ravenstein. Ik weet nog dat hun buren een kind kregen. Dat was Ewout.'

'U hebt geen contact meer met de familie?'

'Het contact met Maarten is begin jaren tachtig al verwaterd. We groeiden uit elkaar.'

'Kent u dan ook Lambert Paternotte?'

'Ja, dat was een wederzijdse vriend met wie het contact ook verloren ging. Jaren nadien kwam ik hem tegen bij mijn uitgever, voor wie hij als vertegenwoordiger werkt.'

De Klerck wreef nadenkend over zijn stoppelige kin.

'U vertelde dat u schrijver Geoffrey Parker persoonlijk hebt gekend.'

De schrijver knikte fanatiek.
'Die man heeft een indrukwekkend oeuvre nagelaten.'
Rechercheur De Klerck keek hem schuins aan.
'Goede boeken?'
'Ik wou dat ik zo goed kon schrijven,' sprak Jongkind bescheiden. Hij zuchtte bewonderend. 'Aan hem kan ik niet tippen, helaas.'
'Weet u dat Geoffrey Parker nog een boek schreef,' vroeg De Klerck vriendelijk, 'een manuscript dat nooit is uitgebracht?'
Brian Jongkind slikte. Hij keek weg.
'Nee... eh, nee.'
'Nee?' De Klerck klonk verwonderd. 'U hebt hem toch persoonlijk gekend? Het manuscript is onlangs weer opgedoken.'
'Wat... wat wilt u daarmee zeggen?' stamelde Jongkind.
'Is dat de eigenlijke reden?' vroeg De Klerck streng. 'Uw motief om Burgman & Pijffers vandaag te bezoeken? Wilde u het manuscript bemachtigen?'
'H-hoe b-bedoelt u?' stotterde Jongkind.
'Hebt u het gevonden? Hebt u het uit het bureau van uw uitgever getrokken en onder uw kleding verborgen?'
Brian Jongkind keek onthutst.
'Is het gestolen?'
'Meneer Jongkind, waar is het laatste manuscript van Geoffrey Parker?'
De schrijver schudde angstig zijn hoofd.
'Ik weet het niet... ik heb het niet.'
'Hebt u er bezwaar tegen als ik hier rondkijk?'
Brian Jongkind stoof op.
'Denkt u echt dat ik zoiets verwerpelijks doe? De wereld de laatste kans op een nieuwe Geoffrey Parker ontzeggen? Ga uw gang, kijk maar. Ik heb het niet.'
De kaalgeschoren schrijver zweeg plots. Denkrimpels golfden over zijn voorhoofd.
'Bestaat het eigenlijk wel?'
'Hoe bedoelt u?'
'Nou, precies wat ik zeg. Bestaat dat laatste boek wel? Het is zo maar een gedachte die ineens bij mij opkomt. Ik bedoel, Geoffrey Parker is al zolang dood. En opeens schudden ze een onbekend boek uit de

mouw? Mijn komst gaf hen gelegenheid mij van diefstal te beschuldigen. En ik ben de ideale zondebok. Ik acht dat gore stelletje oplichters van Burgman & Pijffers tot alles in staat!'
'Er is volgens u niets gestolen?'
Jongkind haalde weifelend de schouders op.
'Weet ik veel! Als het wel echt is... als iemand het heeft gestolen... dan moet het Theresia zijn.'
Rechercheur de Klerck nam hem kritisch op.
'Waarom zij?'
'Omdat zij een kleindochter is van een van de oprichters van Burgman & Pijffers. Het gaat al een tijdje slecht met de uitgeverij, door onkunde van Stefan le Couvreur. Zij is het helemaal niet eens met zijn beleid. Als het bedrijf failliet gaat, kan Theresia Pijffers een wervelende doorstart maken met dat manuscript.'

Ze zaten in de auto en reden uit het centrum van Hellevoetsluis weg. Rechercheur De Klerck was in gedachten nog in het appartement van Brian Jongkind. Ze hadden gesproken over de diefstal van het manuscript, maar op de achtergrond speelde die zwaardere kwestie. Was er een verband tussen de moord op notaris Van Bokhoven en de diefstal, tussen hem en Jongkind? De Klerck kon er geen ontdekken. Het was moeilijk in de getergde schrijver de sadist te zien die Van Bokhoven een Parker in het oog timmerde. Iemand die hij eerder met sadisme associeerde, was Stefan le Couvreur, de uitgever die met zijn getreiter Laurette Kasemier tot wanhoop dreef.
Wat moest hij dan met de opmerking dat het manuscript was verzonnen? De Klerck hechtte er weinig waarde aan. Dat moest wel een rancuneuze opmerking zijn. Hij had immers de resterende bladzijde in handen.
Ruben Klaver blikte opzij.
'Heb je zijn boeken nauwkeurig bekeken?' vroeg hij onzeker. 'Heeft hij pulpromans van Peter Roylott?'
'Ik heb er speciaal op gelet,' antwoordde rechercheur De Klerck. 'Een interessante boekencollectie. Alle zeventig delen van de De Cockserie van Baantjer, Agatha Christie, Geoffrey Parker en zelfs van de vergeten Rotterdamse pulpschrijver Cor Docter. Van die laatste heb ik ook nog een paar detectives. Beslist boeiende misdaadliteratuur.'

'En Peter Roylott?'
'Nee, geen enkel deeltje.'
Klaver snoof verachtelijk. 'Nee, niet meer. Die heeft hij op de plaats delict achtergelaten. Hij is het… de dief en de moordenaar. Die boeken hebben hem geïnspireerd. Hij liegt. Hij moet het wel zijn. Hij is de enige die belang bij de diefstal heeft.'
'Als wraak, bedoel je?'
Ruben Klaver schudde kregelig zijn hoofd.
'Om het manuscript zelf uit te brengen. Hij zei het zelf al… Geoffrey Parker was een betere schrijver… aan hem kan hij niet tippen. Parker was bovendien succesvoller. Dit manuscript kan zijn internationale doorbraak worden.'
De Klerck keek zijn jonge collega sceptisch aan.
'Door enkel namen van personages te veranderen?'
'Ja.'
Rechercheur De Klerck schudde resoluut zijn hoofd.
'Dat vind ik niet aannemelijk. Ik verwacht dat de fans van Parker de oorsprong van het verhaal zullen herkennen. Stefan le Couvreur, die de inhoud kent, zal het herkennen en Jongkind ontmaskeren als dief. Nee, daar komt Brian Jongkind nooit mee weg. Trouwens, hij liet ons zijn appartement doorzoeken en wat vonden we?'
'Niets,' gaf Klaver somber toe. 'Maar hij kan die map toch elders hebben ondergebracht? Hij kon vermoeden dat we zouden komen. Ik durf te wedden dat hij het is… Hij wist van het bestaan van dat manuscript.'
'Dat ontkende hij.'
'Een opzichtige leugen, dat zag jij toch ook wel? En dan die uitvluchten. Alsof het manuscript is verzonnen, of anders gestolen door iemand van de uitgeverij.'
Een tijdlang zwegen beide rechercheurs, verzonken in hun gedachten.
Het was De Klerck die de stilte verbrak.
'Ik wil morgenvroeg naar Laurette Kasemier.'
'Naar Laurette? Waarom?' reageerde Klaver vol onbegrip. 'Wil je haar als moordenares aanhouden? Zij kan het manuscript nooit hebben gestolen.'
De Klerck schudde afkeurend zijn hoofd.

'Je maakt een belangrijke denkfout.'
'Welke dan?'
'Dat de diefstal en de moord met elkaar in verband staan… gepleegd zijn door dezelfde persoon. Ik ga daar niet klakkeloos van uit. Vooralsnog behandel ik ze als twee losse, individuele zaken.'
'Met verschillende daders?'
'Ja. Die mogelijkheid houd ik nadrukkelijk open.'
Klaver knikte bedachtzaam.
'Brian Jongkind… de dief. Laurette… de moordenares?'
De Klerck haalde weifelend de schouders op. Hij kon nog steeds niet geloven in haar schuld. Toch knaagde er iets bij hem.
Hij tastte in zijn jaszak.
'Dit is het adres van Burgman & Pijffers dat Laurette voor mij opschreef,' zei hij.
Klaver rukte het papier uit zijn handen.
'Maar d-dit is d-donkerroze inkt.'

11.

Rechercheur De Klerck telde de etages tot de elfde. Er brandde licht in het appartement van Laurette Kasemier. Nadat hij Klaver het briefje had getoond, had zijn assistent erop gestaan dat ze direct doorreden naar Dordrecht. De Klerck wilde liever niet. Gisteren was het zeer laat geworden en dat mocht niet nog eens gebeuren. Josina Klaver zou er vast niet blij mee zijn als haar man weer bij nacht en ontij thuiskwam.
Ruben Klaver had naar huis gebeld. Josina maakte geen bezwaar.
Ze sjokten het flatgebouw Sterrenburg binnen. In de lift tuurde Klaver naar zijn smartphone. Vliegensvlug bewogen zijn vingers over het beeldschermpje.
De jonge rechercheur keek met een verbaasde blik op.
'Ik ben op de website van de fabrikant,' legde hij uit, gebarend naar

zijn telefoon. 'Parker verkoopt geen vullingen met donkerroze inkt voor hun ballpoints. Ze hebben alleen de keuze uit zwart, blauw en rood.'
'Donkerroze inkt bestaat niet?'
'Ik ben het nog niet tegengekomen,' antwoordde Klaver. Hij boog zich weer over zijn telefoon. 'Het bestaat wel, maar voor een ander type ballpoint van een ander merk. Ik denk niet dat die in de Parker Jotter passen.'
De lift kwam tot stilstand. De deuren gleden open.
De beide rechercheurs stapten de ruime hal binnen. Met grote passen beende De Klerck naar de lichtgroene deur en drukte op de bel.
De deur ging met een ruk open. In de deuropening verscheen het verhitte gelaat van Laurette Kasemier. Haar gezicht klaarde op.
'Meneer De Klerck, u komt als geroepen,' sprak ze opgetogen. 'Hij flikt het toch weer.'
'Wie?'
'Stefan le Couvreur. Hij probeert mijn Facebookprofiel te kraken.'
Heupwiegend ging ze hen voor. In de woonkamer stapte ze naar de witte tafel waarop haar laptop opengeklapt stond.
Laurette Kasemier gebaarde naar het beeldscherm.
'Kijk, deze melding kreeg ik juist binnen,' sprak ze geagiteerd. 'Volgens Facebook ondervind ik problemen bij het aanmelden. Maar dat klopt niet. Ik ben al aangemeld.'
Rechercheur De Klerck knikte begrijpend.
'Iemand anders probeert met uw profielnaam in te loggen.'
'Juist.'
De Klerck gebaarde naar het beeldscherm.
'Hoe weet u nou of het Stefan le Couvreur is?'
Laurette Kasemier zuchtte diep.
'Wie zou het anders moeten zijn?' vroeg ze retorisch. 'Ik heb met niemand anders heibel. Deze pogingen begonnen toen die akelige man mij ging terroriseren. Het is Stefan le Couvreur, ik ben er zeker van.'
Met een nijdige beweging klapte ze de laptop dicht.
'Ik kan die vent wel de nek omdraaien,' brieste ze. 'Dit moet stoppen, dit moet onmiddellijk stoppen, anders ga ik eraan kapot. Maarten van Ravenstein, mijn vroegere buurman, is het volledig met mij eens. Hij heeft mij zijn steun toegezegd.'

'Hebt u contact met hem?'
Laurette Kasemier knikte. 'Maarten was hier vanochtend. Hij had gehoord over de dood van mijn ex en wilde me een hart onder de riem steken. Denkt u ook niet dat Stefan le Couvreur naar hem zal luisteren? Maarten is per slot van rekening een van de aandeelhouders van de uitgeverij.'
'U hebt zelf nog niet met hem gesproken?'
Laurette Kasemier schudde wild haar hoofd.
'Praten heeft toch ook geen zin? Ik zou Stefan le Couvreur het liefst aanvliegen. Misschien kunt u mij beter nu al arresteren, dan hoeft het niet zover te komen.'
Er gleed een flauwe glimlach over het gezicht van De Klerck.
'Daar zie ik maar van af,' sprak hij kalm. 'Wij hebben Le Couvreur vandaag gesproken.'
'Wat? En?'
'Ik heb hem dringend verzocht geen denigrerende opmerkingen meer te maken.'
De uitgeefster schudde ongelovig het hoofd.
'Dat is niet genoeg,' zei ze, wanhopig gebarend naar de laptop. 'Hij probeert het wel op een andere manier. Deze nare man is niet te stoppen!'
Laurette Kasemier trok een stoel onder de tafel vandaan. Met een diepe zucht zakte ze erop ineen. Ze liet haar hoofd hangen.
Rechercheur De Klerck pakte ook een stoel en nam daarop plaats. Uit de binnenzak van zijn waxjas frommelde hij het notitieblaadje tevoorschijn en legde dat op de tafel neer. Met zijn vingertoppen schoof hij het papiertje tot vlak voor haar.
'Dit schreef u zaterdagavond,' zei hij.
Laurette Kasemier hief haar hoofd. In haar ogen blonken tranen. Vol onbegrip keek ze naar de Rotterdamse speurder op.
'Wat is hiermee? Is het adres soms niet goed?'
De Klerck schudde glimlachend zijn hoofd.
'Hebt u de pen nog waarmee u dit schreef?'
'De pen?' herhaalde zij ongelovig. 'De pen? Waarom wilt u dat weten?'
'Hebt u hem nog?' drong De Klerck aan.
Wat abrupt kwam Laurette Kasemier overeind. Heupwiegend liep

ze de kamer uit. Luttele seconden later keerde ze terug met haar handtasje. Ze trok aan de sluiting en rommelde in het tasje. Haar fraaie wenkbrauwen fronsten zich.
'Ik... eh, ik kan hem niet vinden.'
'Waar kan de pen zijn?'
Ze haalde de schouders op. 'Hij zal ergens slingeren. Als u wilt, pak ik een andere. Is het belangrijk?'
'Was het een pen met uw beeldmerk erop? Een hartje met een pijltje erdoor?'
Laurette Kasemier knikte geestdriftig.
'Toen ik twee jaar geleden begon, heb ik ze laten vervaardigen. Ik had een paar dozen vol. Ik gebruik ze als relatiegeschenk.' Ze glimlachte stralend. 'Mijn auteurs signeren er hun boeken mee. En tijdens signeersessies deel ik ze uit. Door de donkerroze inkt zijn ze bijzonder geliefd bij onze lezeressen.'

Het was al tien uur toen De Klerck de volgende morgen op de Meentbrug tot stilstand kwam. Hij steunde even op de brugleuning en staarde peinzend naar het grauwe ijs in de Delftsevaart. De dag was bewolkt en somber begonnen, maar eindelijk was de gure wind gaan liggen.
De Rotterdamse speurder was in een niet al te best humeur. Hij zat in een lastig parket. Sinds een half uur was hij met een nieuw probleem opgezadeld, iets wat tact van hem vroeg, en uiterste fijngevoeligheid. Een verkeerde reactie van zijn kant kon onbedoelde gevolgen hebben. Hij wist nog niet hoe hij de kwestie zou oplossen.
Rechercheur De Klerck slenterde verder. Via het Raamplein en achter het Stadhuis liep hij naar de hoofdingang van het bureau. Daar ontweek hij de reusachtige motorfiets die schuin voor de ingang stond. Hij stapte op de schuifdeuren toe.
Een man in zwart leer met een integraalhelm over het hoofd dreunde op zware laarzen naar buiten. In het voorbijgaan blikte hij naar De Klerck. Plots vatte de motorrijder Lucien de Klerck bij de arm. Door het donkere vizier staarden twee grote ogen de Rotterdamse speurder aan.
'Neem me niet kwalijk, De Klerck,' riep de man en duwde de helm omhoog. Een kaalgeschoren hoofd kwam tevoorschijn.

Pas nu herkende De Klerck het vriendelijke gezicht van commissaris Hakkel.
'De moord op notaris Van Bokhoven,' begon hij. 'Hoe staat het daarmee?'
'We maken langzaam vorderingen.'
'Een dader in zicht?'
'Nog niet.'
'Ken je de toedracht?'
'We houden met verschillende mogelijkheden rekening.'
'Zijn er dan aanwijzingen in een bepaalde richting?' vroeg commissaris Hakkel onstuimig verder. 'Zijn er verdachten? Dadersporen? Ooggetuigen?'
'Het is allemaal te pril. We zijn pas twee...'
De commissaris viel hem in de rede.
'Te pril?' Hij fronste zijn wenkbrauwen. 'Wat zijn dan jullie vorderingen?'
Het klonk wat scherp. De Klerck voelde zich in de verdediging gedrukt.
'Misschien kan ik u het beter vanaf het begin vertellen,' sprak hij bedaard. Hij gebaarde naar de ingang. 'Als we naar uw kamer gaan...'
De commissaris schudde krachtig zijn hoofd. Zijn gezicht kreeg weer de vriendelijke uitdrukking van eerst.
'Ik zou langer met je willen praten, De Klerck. Ik moet helaas verder. Een afspraak op het provinciehuis in Den Haag. Ik ben al laat.'
Hij liet de helm over zijn hoofd zakken.
'Houd me op de hoogte,' klonk het gedempt door de helm.
Zonder groet wendde Hakkel zich om zijn as en zwaaide een been over de motor. Een ogenblik later kwam de zware machine met luid geronk tot leven. Een stinkende rookwolk uitstotend, schoot de motor met de commissaris weg.
Met een onbevredigd gevoel stapte De Klerck het hoofdbureau binnen. Boven, in de recherchekamer, zat zijn jonge collega ijverig te typen.
Ruben Klaver keek grijnzend op.
'Wat kijk jij als een oorwurm aan de dunne,' riep hij zijn leermeester jolig toe. 'Heb je de hele nacht wakker gelegen?'
De Rotterdamse speurder schudde zijn hoofd.

'Ik heb, tot mijn eigen verbazing, uitstekend geslapen. Zonet liep ik commissaris Hakkel tegen het lijf. We hadden een kort gesprek… een kort verhoor.'
Klaver lachte.
'Was jij de verdachte?'
De Klerck glimlachte. Hij liet zich achter zijn bureau zakken en deponeerde zijn telefoon in een lade.
'Zo voelde het wel. Hij wilde over onze vorderingen horen. Maar toen ik eindelijk het gesprek in de juiste richting stuwde, maakte hij zich uit de voeten.'
'Haast?'
'Grote haast. Hij was laat voor een afspraak.'
Commissaris Hakkel was nog niet lang hun bureauchef. De Klerck had niet de gelegenheid gehad met hem kennis te maken. Niet echt, tenminste. Het leek wel alsof die man altijd haast had, altijd achter lag op schema.
'Nou kijk je weer als die oorwurm,' merkte Klaver plagerig op. 'Was Annie ontstemd dat het weer zo laat werd?'
Rechercheur De Klerck schudde mistroostig zijn hoofd.
'Het betreft een netelige, persoonlijke kwestie.'
Klaver keek bezorgd.
'Wat dan?'
'Vanochtend sprak onze buurman in de Oude Haven mij aan. Hij werkt als taalkundige aan de Erasmus Universiteit. Hij informeerde of het juist is dat we de diefstal bij Burgman & Pijffers onderzoeken. Hij had erover gelezen in zijn ochtendblad.'
'Klopt. Het staat in alle kranten.'
'Daarna bracht hij een verzoek over van zijn dochter.'
'Zijn dochter? Wat wilde zij?'
De Klerck haalde diep adem voor hij sprak.
'Zij werkt aan een boek. Hij vroeg me haar manuscript te lezen en commentaar te leveren. Als politieman. Het gaat ook over een politieman. Het schijnt een thriller te zijn.'
Ruben Klaver schoot in de lach. 'Zit je daarover in?'
'Ja, dat knaagt bij mij,' bekende De Klerck, ineens fel. 'Dat arme kind kan natuurlijk niet schrijven. En hoe ze het politiewerk beschrijft, klopt vast van geen kant. Wat moet ik tegen dat lieve kind

zeggen zonder haar te bezeren?'
'Kind? Hoe oud is ze dan?'
'Twaalf.'
'Ah.'
Het klonk veelzeggend uit de mond van Klaver.
'Juist,' sprak De Klerck hoofdknikkend. 'Moet ik dat meisje onnodig kwetsen? Of moet ik doen alsof haar manuscriptje geweldig is? Wat dan als ze later van anderen hoort dat er niets van haar verhaal klopt?'
Hij zuchtte diep.
'Ik begrijp niet waarom haar vader mij dit in de maag heeft gesplitst,' ging hij verder. 'Hij beweert dat het boek ook wordt uitgegeven.' Hij stak wanhopig de handen in de lucht. 'Een boek... geschreven door een basisschoolleerling... dat kan toch niet waar zijn?'
Ruben Klaver glimlachte.
'Dat kan wel waar zijn,' verklaarde hij. 'Je hoeft tegenwoordig niet te kunnen schrijven om je boek uit te geven. Ik heb me erin verdiept. Je hebt zogeheten uitgeefplatforms. Je kunt op een website je eigen tekst uploaden, een omslag in elkaar knutselen, en je boek wordt verkrijgbaar via het CB... het Centraal Boekhuis. Elke winkel kan het bestellen.'
'Inclusief alle fouten?'
'Inclusief alle fouten,' echode Klaver.
Rechercheur De Klerck zonk zijn gezicht in zijn handen.
'Nou begrijp ik wel waarom Stefan le Couvreur zich zorgen maakt over de toekomst van het boekenvak. Ik hoop maar dat mijn buurmeisje haar manuscriptje nooit afmaakt.' Hij zweeg even. Plotseling gebaarde hij naar Klaver. 'Heb je nog aan het casino gedacht?'
Klaver knikte.
'De chef van de beveiliging kon me helpen. Maarten van Ravenstein was afgelopen zondag van 19.28 tot 21.39 uur in het casino.'
'Hoe weet hij die tijden zo exact?'
'Dat zijn de tijden dat Van Ravenstein van de nabijgelegen parkeergarage gebruikmaakte. Hij schijnt een trouwe bezoeker van het gokhuis te zijn.'
'Schulden?'

Ruben Klaver schudde zijn hoofd.
'Een behoedzame speler. Hij zet nooit grote bedragen in.'
Rechercheur De Klerck dacht even na.
'Zijn zus beweerde dat hij om halfnegen thuiskwam,' sprak hij bedachtzaam. 'Maarten van Ravenstein reageerde daarop verbaasd. Voor zijn gevoel was het later, wat Laurette Kasemier bevestigde. Zij schatte zelf dat ze rond negen uur arriveerde en een kwartier bleef.'
'Zou Marloes van Ravenstein zich vergissen?'
'Die indruk had ik niet.'
'Liegt ze dan? Waarom zou ze dat doen? Wil ze zichzelf een alibi verschaffen?'
De Klerck haalde de schouders op.
'Als ze verlegen is om een alibi... voor zichzelf of haar broer... zou ze het bezoek van Laurette op een later tijdstip moeten zetten.'
Klaver keek hem schuins, onderzoekend aan.
'Zodat Laurette wel de laatste moet zijn die haar ex zag?'
'Precies. Nou creëert ze als het ware ruimte voor een ander. Alsof ze bang is dat we Laurette Kasemier zullen verdenken.' De Rotterdamse speurder staarde peinzend voor zich. 'Als Laurette per openbaar vervoer reisde... als ze een ov-chipkaart op naam heeft... kunnen we haar reistijden opvragen. Ik zal...'
Hij maakte de zin niet af. De misthoorn van zijn smartphone liet van zich horen.
Geïrriteerd trok hij zijn bureaula open. Het was de wachtcommandant. De Klerck bracht de verbinding tot stand en zette het toestel aan zijn oor.
'Wat is er?'
'Lucien? Kunnen jullie naar de Mathenesserlaan?'
'Wat is daar?'
'Nou...' De stem van de wachtcommandant trilde van spanning. 'Er is zojuist een lijk in een portiekflat gevonden. Volgens de getuige die het vond, steekt er een zilverkleurige Parker uit het oog van de dode.'

12.

De Mathenesserlaan was een lange, statige laan die met enkele bochten door de stad slingerde, vanaf het Museumpark tot de rand van de wijk Spangen, waar hij via het Mathenesserplein overging in de Allard Piersonstraat. De Klerck reed naar de portiekwoning via de Vierambachtsstraat. Even verderop stond een patrouillewagen langs de kant. Bij de toegang naar een portiek stond een jonge, geüniformeerde agent. Hij blies in zijn handen om ze warm te krijgen. De venijnige wind was alweer opgestoken.

De beide rechercheurs stapten uit. De agent slenterde in hun richting.

'Het is op de bovenste verdieping.'

De Klerck knikte voor zich uit.

'Wie heeft de dode gevonden?'

'Een vrouw.' De agent knikte naar de patrouillewagen. 'Ze rilde van de koude, daarom heb ik haar laten instappen. Wilt u haar eerst spreken?'

Rechercheur De Klerck schudde langzaam zijn hoofd.

'Ik geloof dat ik eerst de plaats delict wil aanschouwen. Zeg haar dat ze moet wachten. Blijf jij hier.'

Dat laatste zei hij tegen Klaver.

Er was geen lift, wel een trap. Op het bovenste portaal hield een agent de wacht.

De Rotterdamse speurder groette de diender. Hij trok de voorgeschreven beschermende kleding aan voor hij het appartement betrad. De deur stond op een kier. Met een elleboog vergrootte hij de opening en stapte behoedzaam naar binnen. Er hing een verschaalde sigarettenlucht.

Intuïtief stapte hij naar links en belandde zo in de woonkamer. Het was er schemerig. De dikke gordijnen waren toegeschoven. Alleen een minuscuul schemerlampje brandde, recht boven een bruinlederen bank.

Een man lag op zijn rug, aan de voet van de bank. Dood. De Klerck herkende hem. Het was de uitgever, Stefan le Couvreur. De aanblik was huiveringwekkend. Het achtereind van een pen stak een paar

centimeter uit de linkeroogkas. Inderdaad, een zilverkleurige Parker. Het gezicht rondom de wond was verkrampt, de mond was vertrokken in een akelige grimas. De lijkstijfheid was zichtbaar ingetreden. Het leek erop, zo schatte De Klerck in, dat de dode eerst op de bank had gezeten. In het leer was nog de indruk van zijn lichaam te zien. Tijdens zijn doodstrijd moest Le Couvreur van het meubel op de grond zijn gegleden.
Er stond een laag, rond tafeltje naast de bank. Op dat tafeltje lag, naast een volle asbak, een boekje. Alsof het achteloos opzij was gelegd. Het was niet dezelfde pocket, maar deed wel denken aan het boekje dat hij twee dagen geleden naast het lichaam van Ewout van Bokhoven aantrof. Er stak een boekenlegger uit de kaft.
Vanaf de cover staarde een vrouw met golvend, kastanjebruin haar angstig omhoog naar een duister silhouet. Handen als klauwen werden dreigend opgeheven. Ze was ten dode opgeschreven.
De Klerck hurkte neer. Hij tilde het mondkapje iets op en snoof diep. Er hing een alcohollucht rond de mond.
Hij vroeg zich af of er weer een sterk verdovend slaapmiddel was gebruikt. Naar behoren had het middel niet gewerkt, niet zoals bij Ewout van Bokhoven, daar wezen de verkramping rond het oog en de grimas op. Le Couvreur was ontwaakt toen de moordenaar met timmeren begon. Een gruwelijke, koelbloedige moord.
De Klerck kwam overeind en speurde in het rond. Hij kon geen drinkglas... geen drankfles ontdekken.

De vrouw die op de achterbank van de patrouillewagen wachtte, had kastanjebruin haar. De Klerck herkende haar direct. Het was de uitgeefster, Laurette Kasemier. Met een verontruste blik keek ze naar hem op. De make-up rond haar ogen was uitgelopen, trok zwarte strepen over haar bleke wangen.
De Klerck opende het portier aan de andere kant en stapte in.
Laurette Kasemier zat voorover gezakt, met haar rillerige handen samengevlochten in haar schoot. In het holletje tussen de handen plakte een verfrommelde zakdoek.
Haar onderlip trilde.
'Dit heb ik nooit gewild,' zei ze bevend. 'Dit is... verschrikkelijk... een akelig gezicht.'

De Klerck knikte meelevend.
'Vermoord met een van uw Parkers,' sprak hij onbarmhartig.
Met ogen vol ontzetting staarde ze hem aan. Haar stem hakkelde.
'Maar ik… u denkt toch niet… dat ik…'
Haar onderlip trilde opnieuw.
'Ik kan die vent wel de nek omdraaien,' sprak De Klerck onverbiddelijk. 'Uw woorden van gisteravond. U wilde dat ik u zou aanhouden… voor u iets ergs zou doen.'
Ze liet haar hoofd zakken.
'Het was zo stom… om dat te zeggen.'
'Ik trek geen voorbarige conclusies,' reageerde De Klerck vriendelijker. 'U hebt in de afgelopen twee jaar een groot aantal Parkers in omloop gebracht. Ik acht het zeker niet uitgesloten dat iemand wil dat wij u met de moorden in verband brengen.'
Hoopvol keek ze naar hem op.
'Dus u gelooft dat ik onschuldig ben?'
De Klerck ging er niet op in. Hij gebaarde in haar richting.
'Waarom bent u hier?'
Laurette Kasemier zuchtte diep.
'Op uw advies,' lispelde ze. 'U zei… amor vincit… liefde overwint. Ik wilde met hem praten… alleen maar praten.'
Ze dook ineen en huilde. Haar schouders schokten.
De Klerck liet haar een tijdje begaan. Hij weifelde hoe hij het onderhoud zou voortzetten. In gedachten ging hij terug naar gisteravond. Levendig herinnerde hij zich hoe ze had gefulmineerd toen iemand weer een poging deed haar profiel op Facebook te kraken en hoe ze een beschuldigende vinger op Stefan le Couvreur richtte. Ze kon de rivaliserende uitgever wel aanvliegen… hem de nek omdraaien. Zat hij naast de moordenares? Of luisde iemand haar erin?
Met het verfrommelde zakdoekje depte ze haar ogen.
'Hoe bent u aan dit adres gekomen?' vroeg hij vriendelijk.
Laurette Kasemier vouwde haar handen in haar schoot.
'Ik ben eerst naar de uitgeverij gegaan,' sprak ze op vlakke toon. 'De mevrouw die daar werkt, was zo aardig mij dit adres te geven.'
Rechercheur De Klerck keek haar met hoog opgetrokken wenkbrauwen aan.
'En dat gaf ze u… zomaar?'

Een flauwe glimlach gleed over haar gezicht.
'Ze zei dat ik later moest terugkomen omdat het zijn vrije ochtend is. Het leek me beter het gesprek met de uitgever onder vier ogen te voeren. Daarom zei ik dat ik door aandeelhouders Maarten en Marloes van Ravenstein was gestuurd om Stefan le Couvreur persoonlijk iets te overhandigen. Daarbij klopte ik op mijn handtasje.'
'Listig,' sprak De Klerck met lichte bewondering. 'Vroeg zij om uw naam?'
'Zover liet ik het niet komen. Ik wekte de indruk dat er enige haast was geboden. Ze gaf me het adres en ik ben dadelijk vertrokken.'
'Naar de tramhalte op het Weena?'
Laurette Kasemier knikte.
'Ik reis altijd met het openbaar vervoer.'
'Geen rijbewijs?'
Een matte glimlach gleed over haar fraaie gezicht.
'Sinds de scheiding kan ik me geen auto veroorloven.'
Rechercheur De Klerck wreef over zijn stoppelige kin.
'Hoe bent u de woning binnengekomen?'
'De deur stond op een kier. Ik heb eerst geklopt en zijn naam geroepen. Er kwam geen reactie. Toen ben ik naar binnen gestapt.'
'Hebt u er iets aangeraakt?'
Laurette Kasemier schudde haar hoofd.
'Alleen de deur. Met mijn vingertoppen. Ik geloof dat ik de deur half achter me dichttrok. Toen ik het appartement verliet, bedoel ik. Op het bovenportaaltje heb ik het alarmnummer gebeld.' De uitgeefster zuchtte omstandig. 'Ik kon het niet… waar hij bij was.'

Zonder Klaver reed rechercheur De Klerck terug naar het hoofdbureau. Voorlopig was de dienst Forensische Opsporing niet klaar in de woning van Stefan le Couvreur.
Op de Vierambachtsstraat ter hoogte van de Heemraadssingel hield hij halt om een stoet voetgangers het zebrapad te laten oversteken.
De Rotterdamse speurder staarde somber voor zich uit. Hij had de dood van de uitgever niet zien aankomen. Lange tijd had hij in zijn achterhoofd rekening gehouden met de mogelijkheid dat Le Couvreur achter de moord op de notaris zat. Hij meende een overeenkomst te zien tussen die gruweldaad en het sadistische genoegen dat

de uitgever scheen te beleven aan de treiterijen waaraan hij rivale Laurette Kasemier onderwierp.
De weg kwam weer vrij en De Klerck gaf gas. Met een matig gangetje reed hij terug naar het hoofdbureau. Toen hij de rechercheauto had geparkeerd, besloot hij naar het Hofplein te lopen voor een onderhoud met de assistente van Stefan le Couvreur.
Buiten Theresia Pijffers was er niemand aanwezig. Ze zat achter haar desk en voerde een geanimeerd telefoongesprek. Ze maakte een notitie.
'Ook tweeduizend van de derde titel, onder dezelfde voorwaarden?' vroeg Theresia Pijffers aan de beller. 'Akkoord, het staat genoteerd, ik maak het in orde.'
Ze rondde het gesprek af. Verwachtingsvol keek ze naar De Klerck op.
'Meneer Le Couvreur is er over anderhalf uur pas,' zei de assistente met de vlechtjes in het haar. 'Dit is zijn vrije ochtend. Als u hem wilt spreken, adviseer ik u een afspraak te maken of hem thuis te bezoeken.'
De Klerck maakte een verontschuldigend gebaar.
'Ik wil even met u spreken,' legde hij uit. 'Stoor ik?'
Theresia Pijffers schudde haar hoofd. 'Niet het minst. Neemt u plaats. Misschien kan ik u koffie inschenken?'
'Dank u, graag.'
'Gaat het weer over dat vermiste manuscript?'
'Onder andere.'
Theresia Pijffers kloste naar een kastje waarop een modern koffiezetapparaat stond. Even later zette ze de Rotterdamse speurder een volle kop voor.
Ze keek hem schuins, onderzoekend aan.
'Hebt u het gevonden?' vroeg de assistente.
'Het manuscript?' Rechercheur De Klerck schudde zijn hoofd. 'We zijn niet toegekomen aan een uitgebreide zoektocht.'
Hij nam een slok van de koffie. Hij was lekker warm.
'Maar u bent wel naar Brian Jongkind in Hellevoetsluis geweest?'
De Rotterdamse speurder knikte.
'Gisteravond. Hij ontkende de diefstal in alle toonaarden. We mochten zijn appartement doorzoeken. Hij gaf ons wel een motief

waarom hij de diefstal zou plegen. Er is een conflict tussen hem en uitgeverij Burgman & Pijffers.'
Theresia Pijffers knikte instemmend.
'Daarvoor kwam Brian Jongkind hier. Om ruzie te zoeken. Hij beschuldigt Stefan le Couvreur ervan hem te hebben opgelicht.'
'En dat klopt niet?'
'Vanzelfsprekend niet. Dat beweren auteurs wel vaker. Wij zijn een respectabele firma en we gaan respectvol met onze schrijvers om.'
'U bent familie van een oprichter?'
Ze straalde.
'Dat is juist. Een kleindochter.'
'U weet dus niet dat er twee eerste drukken in omloop zijn?'
'Van welk boek?'
'Zijn derde.'
Theresia Pijffers lachte schamper.
'Beweert Brian Jongkind dat?'
'Hij heeft ons de twee verschillende eerste drukken getoond.'
Het gezicht van Theresia Pijffers versomberde.
'Dus toch wel,' verzuchtte ze, teleurgesteld. 'Stefan beweert dat Brian Jongkind wat uit de duim zuigt. Ik geloofde hem.'
'U bent niet bekend met de verkoopcijfers?'
'Al dat soort dingen… verkoopcijfers… voorraadstanden… de royaltyadministratie… de boekhouding… verzorgt Stefan zelf.'
'Wat is dan uw rol binnen Burgman & Pijffers?'
'Ik houd me voornamelijk bezig met de publicitaire kant,' verklaarde Theresia Pijffers op kalme toon. 'Door de jaren heen heb ik een uitgebreid netwerk opgebouwd. Daarnaast verricht ik ondersteunende taken.'
'Hoe beoordeelt u dan het nieuwe manuscript van Geoffrey Parker?'
'Een geweldige impuls, publicitair goud,' sprak ze opgetogen. 'Er is in bijna veertig jaar geen nieuwe Geoffrey Parker uitgebracht. De huidige generatie journalisten en recensenten zijn hem bijkans vergeten. Maar als ze even in de archieven duiken, stuiten ze op een weelde aan biografische gegevens.'
Rechercheur De Klerck knikte glimlachend. Het was een glad, geolied marketingpraatje. Met een scherpe blik nam hij haar op.
'Nu is dat manuscript verdwenen. Het staat in alle ochtendbladen.

Is de diefstal een van uw publicitaire stunts, mevrouw Pijffers? Is het manuscript soms niet gestolen?'
Theresia Pijffers verblikte noch verbloosde. Ze schudde traag haar hoofd.
'U mag deze kantoren doorzoeken, als u wilt,' zei ze. 'Ik meen dat u dat gisteren al hebt gedaan... zonder resultaat.'
'Hoe komt het bericht dan in de kranten?'
'Dat... eh, dat heeft Stefan zelf bekokstoofd.'
'Tegen uw wens?'
Na enige aarzeling knikte ze.
'Stefan is bang dat een ander met het verhaal aan de haal gaat. Door de diefstal wereldkundig te maken en enkele details te onthullen, blokkeert hij dat.'
'Hebt u het gelezen?'
'Het manuscript?' Ze schudde haar hoofd. 'Het enige wat ik ervan heb gezien, is dat ene blad dat u hebt meegenomen.'
De Klerck besloot het onderwerp te laten rusten.
'U hebt vanochtend een bezoeker gehad. Een vrouw die vroeg naar de uitgever. Herinnert u zich haar nog?'
'Ja. Hoe weet u dat? Ze kwam namens Maarten en Marloes van Ravenstein. Er was enige spoed. Ik geloof dat ze Stefan iets moest overhandigen. Persoonlijk. Ik veronderstelde dat het over het manuscript ging. Ik heb haar zijn adres gegeven. Heb ik daaraan verkeerd gedaan?'
'Wie was zij?'
Theresia Pijffers haalde weifelend de schouders op.
'Ze noemde haar naam niet.'
'Het was Laurette Kasemier.'
'De ex van Ewout van Bokhoven?' Theresia Pijffers keek verrast. 'Meent u dat nou?'
'Had u haar nooit eerder ontmoet?'
'Nee. Waarom moest zij met Stefan praten?'
'U weet ook niets van zijn treitercampagne op Facebook? De denigrerende opmerkingen die Stefan le Couvreur maakt over haar uitgeverijtje?'
Er verschenen dieprode blossen op haar gezicht.
'Ja, dat is mij bekend,' gaf ze toe. 'Ik ben er niet trots op. Het gaat

de laatste tijd niet goed met Burgman & Pijffers. We moeten alle zeilen bijzetten. Als zaken tegenzitten, gaat het met Stefans humeur bergafwaarts en zoekt hij afleiding... een manier om zich af te reageren. Laurette Kasemier vindt hij bij uitstek geschikt om zijn frustraties op bot te vieren.'
'U protesteerde niet?'
Ze haalde achteloos de schouders op.
'Mijn werkgever laat zich niet stoppen. Volgens Stefan is dat uitgeverijtje een van haar nieuwste grillen, van voorbijgaande aard. Dat hoorde hij van Ewout van Bokhoven. Eerder schilderde ze, toen werd ze wild van amateurtoneel. Op alles raakt ze uitgekeken. Stefan denkt dat hij haar uit de markt kan stoten.'
Rechercheur De Klerck knikte begrijpend.
'Laurette was de treiterijen zat. Ze is naar de Mathenesserlaan gegaan. In de woning van Stefan le Couvreur heeft ze zijn lichaam aangetroffen. Vermoord. Op dezelfde wijze als Ewout van Bokhoven. Hij was al enige tijd dood.'
Met een strak, doodsbleek gezicht staarde Theresia Pijffers hem aan.
'Mirabelle Noya,' stamelde ze onthutst. 'Een van de auteurs van Amor Vincit Publishing. Een echt heethoofd. Mirabelle Noya had gehoord hoe Laurette werd getreiterd en kwam hier gistermiddag luid protesteren en dreigen. Stefan le Couvreur moest onmiddellijk stoppen, of anders... of anders... of anders...'

13.

Rechercheur De Klerck stond bij het raam van de recherchekamer. Met de handen op de rug tuurde hij naar buiten, naar een fietser die met de wollen muts diep over zijn oren door de straat beneden hem passeerde. Het drong nauwelijks tot de Rotterdamse speurder door. Zijn gedachten verkeerden elders.
Het duizelde bij hem. Ettelijke indrukken, opmerkingen en andere

prikkelingen schreeuwden om zijn aandacht. In die wirwar hoopte hij te ontdekken wat essentieel was, cruciaal voor hun onderzoek naar de afgrijselijke moorden die Rotterdam teisterden. Mentaal moest hij alles uit de kast trekken om te voorkomen dat de dader nog eens toesloeg.
Was dat gevaar reëel? Had de moordenaar nog een slachtoffer op het oog? Zolang De Klerck de ware toedracht niet kende, kon hij niet zeker zijn. Het knaagde bij hem dat hij niet opschoot. Zodra het nieuws van de dood van de uitgever bekend werd, zou de druk op hem en Klaver toenemen.
Kon hij maar de rode draad vinden.
Er knaagde iets bij hem. Theresia had iets gezegd... tussen neus en lippen... iets dat kortstondig een gevoel van onbehagen bij hem opriep. Het had met Laurette Kasemier te maken... Wat was het? Het wilde hem niet te binnen schieten.
Achter hem ging de deur van de recherchekamer open. Ruben Klaver slofte met een blos van vermoeidheid naar binnen. Hij plofte neer op zijn bureaustoel en keek met kleine oogjes op naar zijn mentor.
'Ik moet je de hartelijke groeten overbrengen van dokter Goldschmitz,' verzuchtte hij. 'Omdat jij er niet was, stond de schouwarts erop dat ik de dode bekeek. Ik doe het nooit weer. Wat een verschrikkelijke moord is het.'
'Hoezo?'
'Goldschmitz is er bijna zeker van hoe de Parker in het oog werd gedreven. Met een hamer. Hij wees me op een beschadiging aan de oogkas. De dader sloeg de pen een keer mis. Toen ik die deuk zag, ging ik bijna over mijn nek.'
Rechercheur De Klerck keek zijn jonge collega meelevend aan.
'De confrontatie met een gewelddadige dood is een van de minst aangename aspecten van ons vak.'
Klaver balde zijn vuisten.
'Minst aangenaam?' riep hij kwaad. 'Dit is toch niet normaal? Ik kan me een doodslag in een opwelling nog wel voorstellen. Maar een normaal mens krijgt er dan toch een afkeer van dat hij zich liet gaan? Dan bedenk je je toch duizend keer om nog eens toe te slaan?'
'De meeste mensen wel, ja.'

'Deze dader lijkt er echter een sadistisch plezier in te hebben. Neem dat belachelijke pulpromannetje bij de eerste moord, met een kruisboog op de cover.'
De Klerck knikte instemmend.
'Bewust om ons op het verkeerde been te zetten. En nu een vergeelde pocket van de onbekende Britse schrijfster Rosina Tarne.'
Klaver keek zijn leermeester belangstellend aan.
'Heb je erin gekeken? Heeft het op deze moord betrekking?'
Rechercheur De Klerck wreef aarzelend over zijn stoppelige kin.
'Zijdelings. *You murdered me* gaat over een vrouw die in haar Londense flat is vermoord. Van gene zijde geeft zij de autoriteiten aanwijzingen over de dader, haar sadistische ex.'
'Dat is een verschil.'
De Rotterdamse speurder knikte.
'Maar de boekenlegger lag bij een passage over de ex die het slachtoffer treiterde… kleineerde.'
'Net als Le Couvreur deed. Dat is alweer een verwijzing naar Laurette Kasemier. Ik vind haar lijken op de angstige vrouw op de cover.'
'Dat viel mij ook op. Met beide pockets maakt de moordenaar een verwijzing naar haar motieven, ook de pennen wijzen beschuldigend naar Laurette. Het lijkt erop dat hij een duivels spel met haar speelt.'
Ruben Klaver snoof verachtelijk.
'En hij drijft de spot met zijn slachtoffers door een Parker te gebruiken. Oscar Kamp wees me er opnieuw op. Beiden leefden van de pen, beiden stierven door de pen. Als ik de moordenaar in mijn handen krijg…'
Rechercheur De Klerck grinnikte.
'Wat dan?' plaagde hij. 'Ga je het recht in eigen handen nemen? De wetgever heeft, zover ik weet, onze bevoegdheden nog niet uitgebreid met standrechtelijke executies.'
'Je begrijpt best wat ik bedoel,' mokte Klaver. 'Mijn handen jeuken om hem van de straat te trekken. Deze dader mag nooit meer vrijkomen.'
'Mee eens. Eén verdachte is al afgevallen.'
'Wie?'

'Mirabelle Noya.'
'Mira-wie?'
'Mirabelle Noya. Theresia Pijffers vertelde dat een van de auteurs van Amor Vincit Publishing gistermiddag luid protesterend en dreigend Burgman & Pijffers bezocht. De motivering voor die actie waren de treiterijen van Le Couvreur. De uitgever moest daarmee stoppen, of anders...'
'Zou Le Couvreur het bezuren?'
'Iets in die trant,' antwoordde De Klerck hoofdknikkend. 'Als we Theresia Pijffers mogen geloven, kwam de auteur, Mirabelle Noya, zeer intimiderend over. Een heethoofd, noemde ze hem.'
'Noemde ze hém? Mirabelle Noya?'
De Klerck grinnikte.
'Achter de exotische naam Mirabelle Noya gaat niemand anders schuil dan Frans Kreemer. Het schrijven van liefdesromans is kennelijk een van zijn liefhebberijtjes.'
De wenkbrauwen van Klaver schoten naar de hoogste stand.
'Dat meen je niet!'
'Kreemer had zelf ook te lijden onder de terreur van Le Couvreur.'
'Hoe dan?'
'Door neprecensies van zijn boeken. Diverse webwinkels zijn overspoeld met afkraakreacties van lieden met provocerende gebruikersnamen als Kutjelikker666 en Zweepslaggenot. De haatcampagne begon ruim twee maanden geleden.'
'Toen Laurette Kasemier haar man verliet,' sprak Klaver hoofdknikkend. 'Frans Kreemer pikte dat natuurlijk niet.'
'Nee. Eergisteren hoorde hij van de uitgeefster dat Le Couvreur erachter zou zitten. Hij was laaiend van woede. Hij ging naar Burgman & Pijffers om luidkeels zijn beklag te doen.'
'Hoe reageerde hij dan op de moord op Stefan le Couvreur?'
'Schouderophalend. Hij zei dat het hem niet verbaasde. Le Couvreur zou wel meer vijanden hebben gemaakt.'
'Zijn naam dook ook op bij de eerste moord. Zou hij soms...'
De Klerck schudde nadrukkelijk zijn hoofd.
'Dat zei ik dus. Hij valt af. Ik heb reeds contact met zijn tante gehad. Voor de tweede moord heeft Frans een sluitend alibi. Er logeert een vriendin bij hen die haar verklaring ondersteunt.'

Klaver maakte een wild gebaar.
'Hoe ontmaskeren we de werkelijke dader?' vroeg hij vertwijfeld. 'Of haar?'
Klaver knikte verrast.
'Denk je toch aan Laurette Kasemier? Toen ik haar de eerste keer ontmoette, achtte ik haar niet tot zo'n moord in staat. Maar nu duikt ze weer bij een slachtoffer op.'
'Vele uren ná de moord,' merkte De Klerck nuchter op.
'Ik begin toch te twijfelen. Zij ontdekt de dode en daardoor lijkt ze onschuldig. Maar van alle betrokkenen is haar motief het allerduidelijkst. Ze was zijn getreiter zat. Nadat we gisteravond bij haar waren geweest, kan ze nog naar Rotterdam zijn gereisd.'
De Klerck schudde bedaard zijn hoofd.
'Terwijl ik haar op de achterbank sprak, heeft ze met haar smartphone ingelogd op ov-chipkaart.nl. Ze gaf me volledig inzage. Ze heeft gisteren Dordrecht niet verlaten.'
'En zondagavond?'
'Ze reed met de tram van lijn 4 naar Hillegersberg, waar ze om 21.34 uur op halte Bergse Plaslaan uitstapte. Vanaf dezelfde halte vertrok ze om 21.51 uur. Maarten van Ravenstein was van 19.28 tot 21.39 uur in het casino.'
'Dus hij had toch gelijk,' concludeerde Klaver. 'Zijn zus beweerde dat hij om halfnegen thuiskwam en toen Laurette zag. Marloes van Ravenstein houdt haar de hand boven het hoofd.'
'Denk je?'
'Ik denk dat ze het bijzonder geraffineerd speelt door met jou in te loggen,' ging de jonge rechercheur geestdriftig verder. 'Omdat zij volgens ov-chipkaart.nl gisteren niet van huis is geweest, geloof jij in haar onschuld. Maar het is pure berekening. Ze heeft een andere ov-chipkaart, niet op naam. Die gebruikte ze om naar de Mathenesserlaan te reizen en de moord op Stefan le Couvreur te begaan.'
'Met een van haar eigen pennen?' De Klerck klonk sceptisch.
'Juist met een van haar eigen pennen,' betoogde Klaver fel. 'Daardoor lijkt het alsof iemand haar erin wil luizen en lijkt zij onschuldig. Wat ze doet, is verduiveld slim. Je zei het zonet... het is alsof de dader een duivels spel speelt. Niet met haar. Met ons.'
'Pas sinds vanochtend wist ze waar Stefan le Couvreur woonde. Ze

vroeg het adres aan Theresia Pijffers.'
'Bluf. Ze wist het allang.'
'Hoe?'
Klaver haalde nonchalant de schouders op.
'Misschien liet haar ex het zich ontvallen toen ze nog samenleefden. Le Couvreur en Van Bokhoven waren per slot van rekening zakenrelaties.'
'En is zij de jonge K, waarover haar ex met mij wilde spreken?'
'Dat zou toch kunnen?'
'En de diefstal van het manuscript? Tot vanochtend had ze de uitgeverij aan het Hofplein nooit bezocht.'
Ruben Klaver grinnikte spottend.
'Nou maak je dezelfde denkfout als ik eerder. Wie zegt dat de moorden en de diefstal één en dezelfde dader kennen?'
Rechercheur De Klerck trok een scheve grijns.
'Je hebt gelijk. Er hoeft geen verband te zijn. Ik ben geneigd…'
Verder kwam hij niet. Ineens schoot hem te binnen wat Theresia Pijffers had gezegd, een losse opmerking. Voor Laurette Kasemier een uitgeverijtje startte, had ze andere grillen. Eerst schilderde ze. Toen werd ze wild van amateurtoneel. De Klerck was er niet op ingegaan. Was Laurette slechts toeschouwer? Of acteerde ze zelf? Met sluw acteren kreeg ze in elk geval het adres van Le Couvreur van Theresia Pijffers los.
Had hij zich in haar vergist? Hij kon zich eerst in haar geen koelbloedige moordenares indenken. Nu was hij niet meer zo zeker. Hij was geneigd in haar onschuld te geloven door haar late bezoekje op zaterdagavond. Ze had zijn medeleven opgewekt.
Waarom kwam ze eigenlijk naar Rotterdam? Ze had net zo goed… veel beter… bij de politie in haar woonplaats Dordrecht haar beklag kunnen doen. Stel dat ze niet bij hem was gekomen. Dan zou hij haar voor de eerste moord wel als serieuze verdachte hebben gezien. Partnerdoding was, puur statistisch, de meest voorkomende drijfveer bij moord. In plaats van die optie serieus te onderzoeken, had hij gelijk haar onschuld aangenomen.
Haar emotionele reacties op de moorden hadden die overtuiging gesterkt. Dat ze, vóór hij onthulde dat haar ex dood was, consequent in de tegenwoordige tijd over Van Bokhoven sprak, had

zijn geloof in haar dieper doen wortelen.
Maar ze was wild van toneel. Speelde zij een bijzonder geraffineerd, duivels spel en had zij haar kwelgeesten vermoord? Dan had ze goed ingeschat dat die pockets en haar Parkers haar vrij zouden pleiten. Haar schuld lag er immers zo duimendik boven op dat ze wel onschuldig moest zijn…
Ze kon haar ex hebben bezocht, een slaapmiddel toegediend, om later terug te keren toen hij in diepe slaap was. Ze had haar eigen sleutel nog. Had buurvrouw Marloes van Ravenstein, vanuit de slaapkamer aan de voorzijde, Laurette die tweede keer gezien en hield zij haar de hand boven het hoofd?
De smartphone op Klavers bureau piepte luid om aandacht. De jonge rechercheur nam op en luisterde.
'Dat was de wachtcommandant,' zei hij na afloop. 'Hij heeft eerst tevergeefs geprobeerd jou te bereiken. Je toestel staat weer eens uit.'
De Klerck bromde.
'Klopt. Ik wilde in alle rust nadenken. Wat had hij?'
'Lambert Paternotte staat aan de balie. Hij vraagt om een gesprek met jou.'

De gewezen vertegenwoordiger van Burgman & Pijffers stond met zijn rug tegen de balie geleund. Toen hij De Klerck in het oog kreeg, kwam hij met zijn zware lijf in beweging.
Paternotte keek de rechercheur met grote ogen aan.
'Ze beweren dat hij is vermoord… Stefan le Couvreur,' sprak hij met trillende stem. 'Op identieke wijze als Ewout van Bokhoven.'
De Klerck keek de vertegenwoordiger scherp, onderzoekend aan.
'Wie zijn ze?' vroeg hij.
Lambert Paternotte maakte een vaag gebaar.
'Mensen uit het boekenvak. Zeg eens, is het waar? Zijn beide heren op identieke wijze vermoord?'
'Op welke wijze zijn beide heren dan vermoord?'
'Dat zult u het beste weten,' kaatste de vertegenwoordiger terug.
De Klerck glimlachte minzaam.
'Ik ben benieuwd hoeveel u ervan weet.'
Lambert Paternotte knikte.
'Nou, goed dan. Ze zeggen dat beiden een voorwerp in hun oog

hadden. Een ballpoint van het merk Parker. Is dat waar?'
Rechercheur De Klerck reageerde niet onmiddellijk. Wat Paternotte hem vertelde, was daderwetenschap. Er was niet naar buiten gebracht hoe zowel Van Bokhoven als Stefan le Couvreur waren omgebracht. Slechts weinigen wisten ervan.
'Loopt u maar even mee.'
Hij ging Lambert Paternotte voor naar een aangiftekamer en liet de zwaarlijvige vertegenwoordiger tegenover hem plaatsnemen. De Klerck leunde wat naar voren en keek Paternotte strak aan.
'Van wie hebt u deze kennis?'
'Dat beiden op identieke wijze zijn vermoord?'
'Ja.'
'Is dat belangrijk?'
De Klerck knikte.
'Nou, goed dan. Theresia belde me net op.'
'Theresia Pijffers? De assistente van Stefan le Couvreur?'
Lambert Paternotte knikte bevestigend. 'Zij bleek volledig op de hoogte. Ze wilde praten over de toekomst van Burgman & Pijffers nu Stefan le Couvreur is… eh, weggevallen.'
De Klerck knikte begrijpend.
'Theresia Pijffers wil dat u weer voor de uitgeverij komt werken?'
'Ja. Ik vond het wel wat cru. Ik bedoel… het lichaam van Stefan is nog nauwelijks koud en zij richt haar blik al op de toekomst. Het lijkt wel alsof ze op deze kans heeft zitten wachten.'
'U bedoelt dat zij wist dat deze moord…'
Lambert Paternotte onderbrak de Rotterdamse speurder.
'Ik bedoel dat zij hoopte op een dag de leiding over te nemen. Ze zullen u wel hebben verteld dat ik bij Burgman & Pijffers in dienst ben geweest. De uitgeverij liep onder leiding van Stefan le Couvreur op z'n laatste benen. Drie jaar geleden zaten we nog in een monumentaal pand aan de Schiedamsesingel, nu is er alleen dat hok aan het Hofplein. Theresia zal het tij keren.'
'U treedt weer als vertegenwoordiger in dienst?'
Paternotte schudde zijn hoofd. 'Niet in dienst. Theresia kan me altijd op projectbasis inhuren. Graag zelfs. Ik heb jarenlang met plezier voor Burgman & Pijffers gewerkt.'
'U bent door Stefan le Couvreur ontslagen. Oneervol.'

Lambert Paternotte schokschouderde.
'We hadden een verschil van inzicht,' sprak hij gelaten. 'Hij bracht boeken op de markt die niet aansloegen, die kwalitatief onder de maat zijn. Daarmee moest ik boekhandelaren enthousiast maken. Zelf kon ik dat enthousiasme niet opbrengen.'
'Volgens hem loog u over uw activiteiten. U beweerde boekhandels te bezoeken. De winkeliers wisten van niets.'
'Eh... ja. Daar kwam het op neer. Luister, ik ga niet mijn tijd verspillen aan boeken die Le Couvreur nooit had mogen uitgeven. Boekhandelaren vertrouwen mij. Ze verwachten dat ik goede producten aanprijs. Als mijn verkooppraatje niet klopt, nemen ze mij niet langer serieus. Dat is de doodsteek voor elke vertegenwoordiger.'
'Le Couvreur ontsloeg u. Vervolgens kwam u hier om hem te beschuldigen van de moord op Ewout van Bokhoven. Een beschuldiging die u niet met bewijzen kon staven.'
'Eh... ja,' zei de vertegenwoordiger opnieuw. Zweetdruppeltjes parelden op zijn voorhoofd. 'Ja, dat was... eh, niet handig. De moord op Stefan le Couvreur heeft onloochenbaar aangetoond dat hij... eh, onschuldig was aan de moord op Van Bokhoven.'
De Klerck knikte veelbetekenend.
'Ik word wantrouwig als iemand een ander beschuldigt. Daarom vraag ik me af waarom u opnieuw bent gekomen. Is er weer iemand die u de moorden in de schoenen wilt schuiven? Theresia Pijffers... die op deze kans heeft zitten wachten?'
'Eh... nee.'
Rechercheur De Klerck keek hem streng aan.
'De vorige keer begon u mij uit te horen. Zojuist probeerde u hetzelfde. Als iemand vist naar geheime onderzoeksinformatie, wordt de achterdocht bij mij aangewakkerd. Vooral als het iemand betreft met een duidelijk motief voor een van de moorden.'
Lambert Paternotte was zichtbaar in verlegenheid gebracht. De vertegenwoordiger keek weg. Zijn gezicht liep rood aan en zweet liep in straaltjes over zijn wangen. De verlegenheid hield luttele seconden aan.
Ineens vestigde hij zijn blik zelfverzekerd op de Rotterdamse speurder.

'Zeg, luister eens, de vorige keer ben ik wat al te openhartig geweest,' sprak hij op hoge toon. 'Ik dacht u ermee te helpen. Dat was een vergissing. Ik ben vanmiddag gekomen omdat ik vreesde dat u me zou verdenken. Een terechte angst.'
'Hebt u de moorden op Van Bokhoven en Le Couvreur gepleegd?'
Lambert Paternotte schudde krachtig zijn hoofd.
'Nee, ik ben daaraan onschuldig.'
'U hebt een onwrikbaar alibi?'
De vertegenwoordiger zuchtte diep.
'Ik wou dat ik u dat kon geven. Ziet u, ik woon alleen.'
De Klerck wreef nadenkend over zijn stoppelige kin.
'Bij uw vorige bezoek vertelde u dat u op de hoogte was van een ruzie tussen Le Couvreur en Van Bokhoven. Een vrouw had u ingelicht. U weigerde mij haar naam te geven. Nou duld ik geen uitvluchten. Zeg op, wie was het?'
Lambert Paternotte haalde diep adem.
'Theresia,' verzuchtte hij. 'Theresia Pijffers.'
'U schijnt veel contact met haar te hebben,' sprak De Klerck spottend. 'Verrassend voor een oneervol ontslagen werknemer. Het voedt mijn achterdocht.'
Lambert Paternotte beet op zijn onderlip.
'Ten onrechte. Theresia en ik deelden onze kritiek op de uitgever. Zij was zeer ontstemd over zijn laatste publiciteitsstunt.'
'U bedoelt de diefstal van een manuscript?'
De vertegenwoordiger schudde zijn hoofd.
'Het manuscript zelf. Ik heb meer dan vijfentwintig jaar voor Burgman & Pijffers gewerkt. Tot Theresia me erover vertelde, had ik nooit gehoord van een ongepubliceerd manuscript.'
'Het bestaan ervan is dus verzonnen?'
Lambert Paternotte glimlachte geheimzinnig.
'Er zal wel een manuscript zijn. Maar niet geschreven door Geoffrey Parker. Vandaar de diefstal, bedoeld om de publiciteitsmachine aan te zwengelen.'
'Sluw.'
De vertegenwoordig knikte.
'Buitengewoon sluw. Hebt u gehoord hoe het manuscript opdook?'
'Notaris Van Bokhoven ontdekte het in zijn kluis.'

'Zomaar? Vindt u dat ook niet ongeloofwaardig klinken? Stefan spelde Theresia wat anders op de mouw. Geoffrey Parker zou dit manuscript een jaar voor zijn dood aan de vorige notaris, de vader van Ewout, in bewaring hebben gegeven. In zijn testament legde hij vast dat het manuscript pas een jaar na de dood van zijn echtgenote aan de uitgever overhandigd mocht worden. Ziet u, ze maken er een mooi verhaal van. Dat doet het goed op de boekenbeurzen.'

'Een rookgordijn?'

'Een gewaagde stunt is het, uitgebroed door Van Bokhoven en Le Couvreur.'

De Klerck glimlachte.

'Succesvol?'

De vertegenwoordiger glunderde.

'Volgens Theresia werkt de truc op fenomenale wijze. Door de publiciteitsgolf van vanochtend... gevolgd door het nieuws over de moord op de uitgever... is de vraag naar Geoffrey Parkers boeken explosief gestegen.'

De Klerck schoot naar voren.

'Het nieuws over de moord op Le Couvreur? Is dat uitgelekt?'

Paternotte grijnsde.

'Het is viraal gegaan.'

14.

Toen Lambert Paternotte het hoofdbureau had verlaten, beklom De Klerck peinzend de trap naar de recherchekamer. De dubbele moord en het geheimzinnige manuscript hielden hem in de ban. Hij had genoeg gehoord om zijn hersenen urenlang te pijnigen. Hij kon zich niet herinneren eerder een zaak te hebben gehad met zoveel mogelijkheden, zoveel verdachten... en overal lagen motieven voor het oprapen.

Ze zaten nu op twee sporen. De moorden en de diefstal van het

manuscript. Waren ze verbonden… of toch niet?
Bestond het manuscript wel? Nu hij kritisch terugblikte, kon De Klerck die vraag niet met zekerheid beantwoorden. Van wie wisten ze dat er een manuscript bestond? Alleen van Le Couvreur. Welk bewijs van het bestaan hadden ze? Slechts één pagina, gekregen van Le Couvreur.
Waren Van Bokhoven en Le Couvreur vermoord omdat zij als enigen het manuscript hadden gelezen? Of omdat het helemaal niet bestond? Of wilde de dief het onder zijn eigen naam uitbrengen?
De mogelijkheden buitelden over elkaar…
Hij moest gauw weer eens praten met Marloes en Maarten van Ravenstein. Zouden zij als aandeelhouders op de hoogte zijn van een stunt met een gefingeerd manuscript? Waren zij betrokken bij een zogenaamde diefstal? Ook zij zouden profiteren van zo'n stunt.
Ruben Klaver keek verwachtingsvol op van zijn werk.
'En? Wat had Paternotte te vertellen?'
Rechercheur De Klerck slenterde naar zijn bureau en nam erachter plaats.
'De vertegenwoordiger kwam met een idee dat ook al door Brian Jongkind is geopperd. Hij beweert dat het manuscript niet bestaat. Het is een publiciteitsstunt. Dat zou ook de mening zijn van Theresia Pijffers. De snelheid waarmee Le Couvreur het nieuws van de diefstal in omloop bracht, verbaasde haar.'
Klaver trok zijn wenkbrauwen iets op.
'Alsof het allemaal volgens planning verliep?'
De Klerck knikte.
'Het plan zou komen uit de koker van Ewout van Bokhoven en Stefan le Couvreur. Weet je wat mij verbaast?'
'Nou?'
'De snelheid waarmee ook de dood van Le Couvreur bekend is geworden. Het staat sinds een half uur op alle nieuwssites.'
De wenkbrauwen van Klaver schoten omhoog.
'Je hebt gelijk. Wij hebben de identiteit van de dode nog niet onthuld. Denk je dat de uitgeverij erachter zit?'
'Dat is een mogelijkheid,' antwoordde De Klerck voorzichtig. 'Zijn dood is hun gewin. Ik heb Theresia Pijffers ingelicht en kort daarna is het wereldkundig gemaakt. Volgens Paternotte schieten de

verkopen de lucht in. De uitgeverij kan dat goed gebruiken. Het bedrijf verkeerde in zwaar weer. De handen van Paternotte jeuken om voor Burgman & Pijffers aan de slag te gaan.'
Ruben Klaver fronste nadenkend zijn wenkbrauwen.
'Is dat de achtergrond van de moorden? Een wanhoopspoging om de toekomst van de uitgeverij te verankeren?'
Rechercheur De Klerck haalde weifelend de schouders op.
'Zo'n strategie lijkt me nogal extreem. Als het klopt, moeten Van Bokhoven en Le Couvreur met nog iemand hebben samengezworen. Hun dood verzekert de derde samenzweerder er namelijk van dat zij hun aandeel nooit meer kunnen toegeven.'
Plots schoot Klaver naar voren. Zijn blik fixeerde zich op zijn computermonitor. Razendsnel tikten zijn vingers op het toetsenbord.
'Wat is er?' vroeg De Klerck.
'Ik zoek in het handelsregister van de Kamer van Koophandel. Zijn er, naast Maarten en Marloes van Ravenstein, meer eigenaren van Burgman & Pijffers?'
'Je wilt weten wie er allemaal profiteren.'
'Ja.'
'Dat heeft geen zin. Het is een BV, een besloten vennootschap. De namen van de aandeelhouders zijn niet publiekelijk bekend, alleen van de functionarissen.'
'Jammer.' Klaver zweeg even. 'Denk je echt dat dit de oplossing is?'
'Dat er een derde samenzweerder is die de andere twee heeft vermoord?'
'Ja?'
De Klerck glimlachte en schudde zijn hoofd.
'Zoals ik al zei… het is extreem. En toch… ik zou Lambert Paternotte en Theresia Pijffers niet tot mijn vrienden willen rekenen.'
'Hoezo?'
'Ik ben onder de indruk, maar niet positief, van hun ethiek. Beiden waren er als de kippen bij om de beschuldigende vinger naar iemand te wijzen, zonder goede gronden. En als Theresia de dood van Stefan le Couvreur rondbazuint, dan profiteert ze daarvan.'
'Niet fraai, inderdaad. Maar dat manuscript vind ik wel geniaal. Ze hebben één blad vol getypt om te bewijzen dat een niet-bestaand manuscript bestaat.'

De Klerck schudde traag zijn hoofd.
'Ik ben er allerminst zeker van dat het manuscript is verzonnen.'
'Maar dat zeggen twee mensen die al jarenlang aan de uitgeverij verbonden zijn of waren. Die weten zoiets toch beter dan jij?' Plots lichtte het gezicht van de jonge rechercheur op. 'Misschien zit Brian Jongkind in het complot. Misschien pleegde hij beide moorden omdat hij de anderen niet meer vertrouwde. Misschien was het zijn aandeel een manuscript te schrijven… als ghostwriter.'
'In opdracht van een uitgever die hem oplichtte?' De Klerck klonk sceptisch. 'En was het niet Jongkind zelf die als eerste opperde dat het nep was? Die opmerking ondermijnt het belang van een ghostwriter.'
De Rotterdamse speurder wierp vluchtig een blik naar buiten. Het schemerde.
Hij raadpleegde zijn horloge.
'We gaan het vandaag niet weer laat maken. Ik heb over een goed half uur een dinerafspraak met De Kock.'
'De Kock?'
De Klerck knikte.
'Met kaaooceekaa. Een verslaggever van het Rotterdams Dagblad. Een oude rot. Hij weet alles van wat er in de stad gebeurt en zijn geheugen is legendarisch.'
'Je wilt weten wie bekendmaakte dat Le Couvreur is vermoord?'
'Onder andere.'
Klaver trok ineens een bedenkelijk gezicht.
'Gaan jullie eten in dat visrestaurant van die vriend van jou?'
'Hoor ik vrees voor een uitnodiging? Vis bevat stoffen…'
Klaver maakte een ongeduldig gebaar.
'Ja, ik weet het. Goed voor mijn cognitieve vermogens. Het is nog niet mijn favoriete kost.'
'Goed, ga dan naar huis… naar jouw lieftallige Josina. Ik wil haar niet nog een avond van je gezelschap beroven.'

Het etablissement waar De Klerck en zijn journalistieke vriend De Kock steevast afspraken, bevond zich op loopafstand van hun beider werkplekken. Het gebouw lag ingeklemd tussen het Weena en Weena-Zuid en had zicht naar drie kanten.

Ondanks het gevorderde tijdstip was het niet druk.
De Klerck koos een tafeltje aan de lange glazen pui aan de kant van het Weena. Hij wist dat zijn vriend hier het liefst zat. Vanaf deze plek kon je uitstekend het stadsleven observeren… bespieden. Daar kwam al een politiewagen op hoge snelheid en met loeiende sirene voorbij, het geluid galmde tussen de hoge gebouwen. Hier zat je letterlijk met je neus boven op het nieuws.
Lang hoefde hij niet te wachten. Een blozende man met een innemend gezicht kwam met haastige stappen naderbij. Over zijn schouder hing de band van een grote leren tas, die op zijn heup bungelde. Daarmee, wist De Klerck, sleepte zijn vriend al zijn journalistieke benodigdheden mee zodat hij, waar hij ook was, altijd aan de slag kon.
'Lucien,' riep de verslaggever hartelijk. 'Leuk je weer te ontmoeten.'
De Klerck drukte de uitgestoken hand.
'Wederzijds, Barry.'
'Heb je al besteld?'
De Klerck knikte.
'Ons vaste recept.'
De heldere ogen van Barry de Kock glinsterden olijk.
'Heb je een primeur voor me?'
Voor de Rotterdamse speurder de kans kreeg die vraag te beantwoorden, dook een serveerster naast hun tafeltje op met de bestelling. De heerlijkste dampen stegen op van hun borden. De Kock viel vrijwel direct aan.
'Zo,' sprak hij met volle mond, 'dus jij doet die dubbele moord.'
De Klerck knikte.
'Een uiterst lastige zaak, met als complicerende factor een diefstal. Gewoonlijk zie ik wel ergens een opening. Dit keer zitten we muurvast.'
'Omdat je geen verdachten hebt?'
De Klerck schudde zijn hoofd.
'Er zijn legio verdachten en de motieven stapelen zich op. Nee, het ontbreekt aan concrete aanwijzingen. Aldoor heb ik het gevoel dat de moordenaar ons uitlacht… zich uitstekend vermaakt met onze verwarring.'
Barry de Kock grinnikte.

'Dus in wanhoop wend je je tot mij.'
De Rotterdamse speurder grijnsde.
'Je hebt me al vaker goed op weg geholpen. Het gaat hier om een wereldje waar jij veel meer kennis van hebt. Jij spreekt dagelijks uitgevers en schrijvers.'
Barry de Kock prikte een stukje tonijn aan zijn vork. Hij glimlachte geamuseerd.
'Niet dagelijks,' verbeterde hij De Klerck. 'Maar je hebt gelijk. Door de jaren heen heb ik er heel wat ontmoet.'
'Behoren Stefan le Couvreur en Theresia Pijffers ook tot jouw kennissenkring?'
'Beiden kennen, of kenden, feilloos de weg naar onze redactie.'
'Lichtten zij de krant ook in over de diefstal van het manuscript?'
Barry de Kock knikte.
'Stefan le Couvreur belde me op. Hij was er ondersteboven van. Hij had het verhaal gelezen. Met zijn laatste boek zou Geoffrey Parker op een hoogtepunt eindigen. Het boek zou veel stof doen opwaaien. Le Couvreur voorzag een rooskleurige toekomst.'
'Een bestseller?'
'Verbijsterend goed, noemde hij het.'
'Hij zal het succes niet meemaken.'
'Nee.'
De Klerck boog zich wat naar voren.
'Zijn lichaam is nauwelijks ontdekt, of de media in de stad bazuinen het nieuws van zijn dood al rond. Wie bracht jullie op de hoogte?'
De verslaggever slikte een hap weg.
'Theresia Pijffers,' antwoordde hij. 'Zij belde ons op en deed de mededeling. Zakelijk, koel. Soms vraag ik me af of ze gevoel in d'r donder heeft. Als mijn redactiechef was vermoord, zou ik niet staan te popelen de publiciteit te zoeken.'
'Ook niet voor een primeur?'
Barry de Kock snoof verachtelijk.
'De primeur van vandaag, is het oud nieuws van morgen. Mijn naasten zijn me daarvoor te waardevol... te dierbaar. Dan komt mijn vak toch op de tweede plaats.'
'In dit geval kreeg je het nieuws op een dienblaadje gepresenteerd.'

De Kock grijnsde.
'Daar zeg ik dan toch geen nee tegen. Het nieuws van de moord brachten we gelijk in circulatie. De andere media volgden.'
'Groot nieuws?'
'Zeker. Stefan le Couvreur was de uitgever van Geoffrey Parker, een naam die nog altijd boekdelen spreekt.'
'Boekdelen... letterlijk of figuurlijk?'
'Beide. Amsterdam mag dan pronken met haar literaire auteurs, in Rotterdam hebben we nooit de neus opgehaald voor pulp. Parker is misschien wel de grootste auteur die onze oude stad voortbracht, in elk geval in de afgelopen honderd jaar. Zijn romans zijn in tientallen talen vertaald. Hij verdiende ettelijke miljoenen.'
Rechercheur De Klerck keek de verslaggever schuins aan.
'Ooit eerder van het ongepubliceerde manuscript gehoord?'
De Kock schudde zijn hoofd.
'Toen Stefan le Couvreur mij erover vertelde, was het volkomen nieuw voor mij. In zijn testament zou Geoffrey Parker een bepaling hebben opgenomen dat de notaris dit manuscript, verzegeld in een envelop, in zijn kluis moet bewaren tot een jaar na de dood van zijn echtgenote. Daarna moet het aan de uitgever ter hand worden gesteld, ter publicatie.'
'Hoe geloofwaardig is dat?'
'Jij neemt het niet serieus? Ik twijfel niet aan zijn oprechtheid.'
'En de echtgenote van Parker is overleden?' vroeg De Klerck.
'Afgelopen zaterdag exact een jaar geleden,' bevestigde De Kock.
'Ruim vijfendertig jaar na de dood van Parker?'
'Ik weet het, het klinkt verbazingwekkend. Parker stierf in 1983. Hij was ruim zeventig jaar oud. Zijn vrouw Isabelle van Ravenstein was echter veel jonger.'
De Klerck schoot naar het puntje van zijn stoel.
'Isabelle van Ravenstein?'
'Ja? '
'Zijn Maarten en Marloes z'n kinderen?'
De verslaggever schudde zijn hoofd.
'Stiefkinderen. Van zichzelf had Parker geen nakomelingen. In de jaren zeventig trouwde hij een weduwe, de moeder van Maarten en Marloes. Zij zijn de erven. Sinds zijn dood leven zij riant van het

kapitaal dat hij tijdens zijn lange en uiterst succesvolle carrière als schrijver vergaarde. '

'Een kapitaal dat zal toenemen als er een nieuw boek verschijnt. Is dat boek wel door hem geschreven?'

De Kock haalde de schouders op.

'De laatste jaren van zijn leven verscheen er niets meer, terwijl Parker fysiek wel daartoe in staat was.'

'Je denkt dat hij doorschreef?'

De verslaggever schudde zijn hoofd.

'Volgens ingewijden kon hij het mentaal niet meer opbrengen, niet meer sinds de verdwijning van de Kleine Keijer. Geoffrey Parker trok het zich erg aan. Hij loofde vijftigduizend gulden uit voor de gouden tip.'

15.

De volgende dag waren De Klerck en Klaver alweer vroeg met de rechercheauto op pad. Het schoot niet op. Het verkeer in het centrum leek er geen zin in te hebben. Met veel optrekken en afremmen hadden ze pas enkele honderden meters geslecht.

De Klerck hoopte op een doorbraak, niet alleen in het centrum, maar bovenal voor hun slepende onderzoek. De onthulling van De Kock kon de impuls zijn waarna hij snakte. Hoewel het al bijna veertig jaar geleden plaatsvond, deed de verdwijning van de Kleine Keijer ook bij hem een belletje rinkelen. Toen het gebeurde, was de jongen uit Bergschenhoek enkele jaren ouder dan hij zelf. Zijn plotselinge verdwijning had Rotterdam lange tijd in angstige spanning gehouden. Schoolkinderen kregen het advies niet onbegeleid over straat te gaan.

Vele jaren later, toen hij als politieagent begon, hoorde hij oudere collega's dikwijls over de Kleine Keijer. Het was zo'n zaak die niemand ooit nog zou loslaten.

Peter Keijer was negen jaar toen zijn ouders hem vertelden dat ze zouden verhuizen. Van het landelijke Bergschenhoek naar het verre Groningen, ver van zijn geliefde grootmoeder in Rotterdam. Peter Keijer wilde niet weg. Hij had zijn ouders gesmeekt of hij bij zijn grootmoeder mocht wonen. Zijn vader, Peter Keijer senior, was onverbiddelijk.
Een dag voor de verhuizing was de jongen op zijn fietsje gestapt. Vaak had hij met zijn ouders de autorit naar Rotterdam gemaakt. Hij meende de weg te kunnen vinden. Maar de jongen bereikte nooit de woning van zijn grootmoeder in de wijk Kralingen.
Ooggetuigen zagen de Kleine Keijer voor het laatst op de Straatweg in Hillegersberg. Sindsdien ontbrak van de jongen elk spoor, al bijna veertig jaar lang.
Was hij in handen gevallen van een pedofiel?
Deze en de vele andere vragen van het onopgeloste mysterie hadden De Klerck de hele nacht geplaagd. Met een schrijnend gevoel in het linkeroog als gevolg.
De Rotterdamse speurder hoefde niet in de spiegel te kijken, hij wist wat die pijn betekende. Door slaapgebrek en de spanning die zijn werk teweegbracht, kreeg hij last van bloeduitstortingen in het oogwit. Het was een familiekwaaltje. Zijn vader, die binnenschipper was geweest, had er geregeld last van. Het werkte bij hem als een natuurlijke, biologische alarmklok. Het beduidde dat hij hoognodig aan wal moest om rust te nemen... om te slapen. Wat De Klerck nodig had, was een afgeronde zaak, gevolgd door een verfrissende nachtrust.
Het verkeer zette zich weer in beweging.
Ze waren op weg naar Hillegersberg. De Klerck wilde nog eens praten met broer en zus Van Ravenstein. Hij had dat al eerder willen doen, maar steeds waren er andere, dringendere zaken die om aandacht vroegen.
Ruben Klaver blikte kort opzij.
'Denk je niet dat de moorden verband houden met het verdwenen manuscript?'
'Hoe bedoel je?'
'Nou,' ging Klaver gedreven verder, 'de enige twee mensen die het manuscript hadden gelezen, zijn nu dood. Zou er soms iets in

staan dat voor iemand schadelijk is?'
'Wat dan?'
'Een onthulling inzake de verdwijning van de Kleine Keijer. Ewout van Bokhoven las het manuscript. Hij maakte in zijn agenda een aantekening dat hij jou wilde spreken in verband met de jonge K.'
'En hij bedoelde de Kleine Keijer?'
Klaver knikte vol vuur.
'Hij stuitte op iets schadelijks. Degene die hem vermoordde, wilde niet dat dit bekend werd. Bedenk dat Geoffrey Parker niets meer publiceerde sinds de verdwijning van Peter Keijer. Zou hij iets hebben geweten?'
De Klerck dacht een moment na.
'Het zou kunnen,' sprak hij peinzend. 'Geoffrey Parker liet vastleggen dat het manuscript pas een jaar na de dood van zijn echtgenote de uitgever ter hand gesteld mocht worden. Alsof hij haar voor de pijnlijke waarheid wilde beschermen.'
Ruben Klaver knikte geestdriftig.
'Dan moet het wel nadelig zijn voor zijn stiefzoon. Notaris Van Bokhoven belde op de avond van zijn dood naar zijn buren. Volgens Maarten van Ravenstein omdat hij wilde tennissen. Kort daarna stierf Van Bokhoven. En wie had gelegenheid het manuscript uit de burelen van Burgman & Pijffers te stelen?'
'Maarten van Ravenstein.'
'Juist.'
Rechercheur De Klerck glimlachte.
'Het is enkel nog een veronderstelling dat het manuscript iets schadelijks bevat, een veronderstelling die we niet kunnen onderbouwen. We weten zelfs niet of het manuscript authentiek is. Lambert Paternotte en Theresia Pijffers beweren dat het een stunt is, bedacht door Van Bokhoven en Le Couvreur.'
'Er is één blad bewaard gebleven. Kun je daaruit iets afleiden?'
'Over de inhoud van het verhaal?' De Klerck haalde de schouders op. 'Ik heb het gelezen maar kon er niet veel uit opmaken.'
'Waar gaat het over?'
'Het is de opening van het verhaal.' De Klerck grijnsde. 'Hoofdpersoon Don Fernando, de speurneus uit Chicago, ontvangt in zijn kantoor een beeldschone blondine met een weelderige boezem. Een

klassieke opening voor een pulpverhaal.'
'Geen verwijzingen naar Peter Keijer?'
'Geen enkele.'
Klaver zuchtte diep.
'Zou het manuscript dan toch vervalst zijn?'
'Ik heb mijn buurman, de taalkundig professor, gevraagd of hij de tekst kan vergelijken met het oeuvre van Geoffrey Parker. Woordkeus, interpunctie en syntaxis verraden altijd de hand van de schrijver.'
Ruben Klaver grinnikte.
'Straks kun je er niet onder uit... het lezen van het manuscriptje van zijn dochtertje.'
De Klerck glimlachte.
'Die tegenprestatie ben ik hem wel verschuldigd. Een gering offer voor de goede zaak, al is het geen leuke gedachte als...'
De misthoorn van zijn smartphone onderbrak hem.
Rechercheur De Klerck graaide in zijn jaszak en stak zijn collega het toestel toe. Klaver hoorde de beller aan.
'Dat was de uitslag van het toxicologische onderzoek,' zei de jonge speurder na afloop. 'Het is zoals dokter Goldschmitz vermoedde. In het bloed van Ewout van Bokhoven zitten sporen van een sterk slaapmiddel. De notaris is eerst onder zeil gebracht voor de Parker in zijn oog werd getimmerd.'
'Dan is de dader inderdaad iemand die vertrouwd is met zijn slachtoffers,' concludeerde De Klerck. 'Hoe kon hij anders ongemerkt het slaapmiddel toedienen?'
Klaver knikte enthousiast.
'En Maarten van Ravenstein kende beide slachtoffers goed.'
Ze hadden het adres bereikt. Het smeedijzeren hekwerk aan de straatzijde stond half open. Rechercheur De Klerck keek bewonderend omhoog naar het monumentale pand met zijn trapgeveltje en torenspitsje. De gele sportwagen van Maarten van Ravenstein stond voor de villa geparkeerd.
De Klerck en Klaver beklommen de brede trap naar het portiek. De Klerck trok aan de ijzeren trekbel. Een luide bel galmde in het binnenste van de woning. Er volgde geen reactie. De Klerck trok nog eens.

'Hallo, wie is daar?' klonk het van boven.
De Klerck stapte de trap af en blikte omhoog. Het was Marloes van Ravenstein. De donkerblonde vrouw leunde met verwarde haren uit een geopend raampje.
'O, bent u het,' riep ze, haar gezicht oplichtend bij de herkenning. 'U hebt mij wakker gebeld. Wacht even, dan doe ik de deur voor u open.'
Ze trok haar hoofd terug en sloot het raampje. De Rotterdamse speurder klom weer het portiek in en wachtte geduldig. Er verstreek een halve minuut.
'Meneer De Klerck,' riep Marloes van Ravenstein weer vanboven. Ditmaal klonk het paniekerig. 'Ik begrijp er niets van. De deur van mijn slaapkamer zit op slot, ik ben kennelijk opgesloten.'
'En uw broer?'
'Ik weet niet waar Maarten uithangt. Misschien kunt u achterom?'
Aan de zijkant van de villa was een hoog, smeedijzeren tuinhek met aan de bovenkant scherpe punten. Het zat op slot. Aan de andere zijde ontdekte De Klerck een grendel. Door zijn hand door de spijlen te steken, kon hij de grendel vrij gemakkelijk terugschuiven.
Hij duwde tegen het hek. Vrijwel geluidloos week het metaal.
De Klerck stapte door de opening. Klaver volgde.
Aan de achterzijde van de villa was een terras met balustrade. Een rolstoelhelling voerde naar omhoog. De grote tuindeuren met vrolijke ruitjes stonden op een smalle kier. De Rotterdamse speurder bukte om zich ervan te vergewissen of hij gelijk had. De moeten in het hout spraken duidelijke taal. Het slot was geforceerd.
De Klerck duwde tegen het hout. Hij en Klaver glipten door de opening een weelderige kamer binnen met antiek meubilair en fraaie schilderijen aan de wanden en uitpuilende boekenkasten. Roodmarmeren pilaren ondersteunden het plafond. Er hing een weeïge parfumlucht.
In het vertrek trof De Klerck een inmiddels bekend tafereeltje aan. Maarten van Ravenstein, de wat verwijfde broer van Marloes van Ravenstein, zat achterover gezakt in een roodwit gestreepte fauteuil. Bedrieglijk ontspannen. Maar hij was dood... morsdood.
Uit zijn rechteroog stak het achterste stukje van een zilverkleurige Parker.

16.

Ruben Klaver was teruggelopen naar het terras. Zijn handen steunden op de balustrade, zijn hoofd hing naar beneden. De Klerck sloot zich bij hem aan.

De jonge rechercheur keek met een gepijnigd gezicht op.

'Ik kon het niet meer uithouden,' stamelde hij. 'Dat verschrikkelijke gezicht. Die pen. Ik kreeg het er benauwd van.'

De Klerck knikte meelevend.

'Blijf maar hier,' zei hij. 'Bel om bijstand. En laat de schouwarts en Forensische Opsporing komen. Als ze zijn gearriveerd, doe dan in de omgeving een buurtonderzoek. Of men gisteravond iets heeft gezien of gehoord.'

'Wat ga jij doen?'

'Marloes van Ravenstein bevrijden.'

Hij glipte het huis weer binnen. Halverwege de kamer vond hij een deur die toegang gaf tot de hal. Onder aan de trap stond een rolstoel gereed. Er was een traplift geïnstalleerd. De Klerck ging de met een rode loper bedekte trap op.

Op de ruime overloop, recht tegenover het trapgat, ontdekte hij een deur. Er stak een sleutel in het slot. Hij draaide eraan en klopte op het middenpaneel.

'De deur is van het slot,' riep hij.

'Een momentje,' antwoordde Marloes van Ravenstein aan de andere kant.

Rechercheur De Klerck nam plaats op een zitje tegen de wand en wachtte geduldig. Er vergleden enkele minuten.

De deur ging open.

Marloes van Ravenstein reed haar rolstoel de overloop op. Ze had haar haren gekamd en een ochtendjas omgeslagen. Onderaan staken de pijpen van haar pyjama uit. Ze droeg slippers.

'Waarom is Maarten er niet?' vroeg ze verwonderd. 'Hij roept me 's ochtends altijd. En waarom ben ik ingesloten?'

Ze maakte aanstalten om door te rijden naar een andere slaapkamerdeur. Rechercheur De Klerck maakte een stopgebaar. Marloes van Ravenstein kwam abrupt tot stilstand. Met haar blauwgrijze ogen

keek ze naar hem op.
'Wij hebben uw broer beneden gevonden.'
Ze fronste haar wenkbrauwen. Haar handen omknelden de hoepels van de rolstoel zodat de knokkels wit wegtrokken.
'G-gevonden? H-hoe b-bedoelt u…'
Rechercheur De Klerck knikte somber.
'Uw broer is het slachtoffer van een misdrijf. Tot mijn spijt moet ik u meedelen dat hij is overleden.'
'Nee!' De kreet klonk gepijnigd.
Haar gezicht was lijkbleek en haar gelaatstrekken verkrampten.
'Dit is niet waar,' hijgde ze. 'U neemt mij in de maling.'
'Ik verzeker u dat dit niet zo is.'
'Is hij op dezelfde wijze…' Ze haperde. Ze maakte een vaag gebaar. 'Net als de anderen?'
De Klerck schudde zijn hoofd.
'Ik kan u, in het belang van het onderzoek…'
Ze wachtte het vervolg van zijn standaardantwoord niet af. Met een paar wilde bewegingen duwde ze de rolstoel naar het trapgat. Opmerkelijk kwiek en behendig duwde ze zich op uit het wagentje en verkaste haar lichaam naar het stoeltje van de traplift. Met haar handen tilde ze haar benen op en bracht ze over naar de voetsteun. Ze drukte op het knopje om de lift te activeren.
Er kwam geen beweging.
Gefrustreerd sloeg ze op het knopje. Er gebeurde niets. Het stoeltje bleef roerloos boven aan de trap hangen.
'Toe nou, waarom wil hij nou niet,' jammerde ze.
Rechercheur De Klerck ontdekte de oorzaak. Uit het bedieningskastje staken enkele elektriciteitsdraden. De lift was onklaar gemaakt.

Peinzend slenterde De Klerck de tuin in. Forensische Opsporing en de schouwarts waren in de woning aan het werk.
Hij had op de bovenverdieping nog enige tijd met Marloes van Ravenstein gesproken tot ze zo overstuur raakte, dat verder praten zinloos was. Hij had om haar huisarts gebeld.
De zus van Maarten van Ravenstein had niets gemerkt van de gebeurtenissen. Niet dat haar slaapkamerdeur op slot werd gedraaid, noch dat de traplift onklaar was gemaakt, noch dat iemand het huis

was binnengedrongen. Toen ze gisteravond naar bed ging, had ze, zoals altijd, een slaappil ingenomen.
De tuin achter de villa was langgerekt. Een beklinkerd paadje slingerde hem langs sierlijk gesnoeide heggen, een zonneterras en door een kleine boomgaard tot hij een prieeltje bereikte dat uitkeek over de Bergse Voorplas. Hij stapte een vlonder op. Er lag een motorboot aangemeerd, afgedekt met een donkerblauw zeil.
Het was een mooi stekje. Ideaal om een hengel uit te werpen. Het weer was er ook uitstekend voor. Het was zwaarbewolkt en er daalde een ragfijne motregen neer. De ijzige wind van de afgelopen tijd was geheel gaan liggen. Het gevormde laagje water op de ijslaag was glad als een spiegel.
In het prieeltje vond hij een klapstoeltje. Hij had geen hengel bij zich, maar dit moest ook voldoen. Gezeten op het stoeltje staarde hij peinzend over het rustgevende water.
Hij had het manuscript ter sprake gebracht. Marloes van Ravenstein kende de inhoud niet. Stefan le Couvreur had alleen het ene blad getoond, de introductie van het verhaal. Ze wist voorheen niet dat er een ongepubliceerd manuscript bestond. Dat het testament van Geoffrey Parker erover repte, kon ze zich niet herinneren. Marloes van Ravenstein nam echter klakkeloos aan dat het door haar stiefvader was geschreven.
Ze meende wel dat de moord op haar broer met dat manuscript te maken had. Elk slachtoffer was aan de gestolen tekst verbonden. De notaris had het in bewaring gehad, de uitgever had het ontvangen, en zij en haar broer zouden straks van de verkoop profiteren.
Marloes en Maarten waren met de uitgever in onderhandeling geweest over het uitgeefcontract. Haar broer had een hoog voorschot geëist, veel meer dan wat hun stiefvader vroeger voor een manuscript ontving. Le Couvreur en Theresia Pijffers hadden daarin niet willen meegaan. Was, zo vroeg Marloes van Ravenstein zich af, haar broer daarom vermoord?
Een koppeltje wilde eenden scheerde laag over het water. De vogels landden weinig elegant, slippend door het onderliggende ijs, op de verstilde spiegel.
In gedachten liep De Klerck alles na, liet alle gezichten, uitspraken,

emoties en indrukken van de afgelopen dagen op hem inwerken. Er moest in het geheel een dissonant zijn, een afwijking van het gebruikelijke patroon. Zijn gedachten bleven enige tijd haken bij de geforceerde tuindeuren.
Achter hem klonken voetstappen op de houten vlonder. Het was Klaver.
'Word je niet nat?' vroeg zijn assistent bezorgd.
De Klerck haalde de schouders op.
'De regen deert me niet. Het meeste water glijdt van mijn jas.'
Klaver grinnikte.
'Het is anders nog wel koud.'
Rechercheur De Klerck keek vragend naar zijn jonge collega op.
'En? Heb je in de buurt navraag gedaan?'
Klaver knikte.
'Twee getuigen zagen gisteravond laat een man door het tuinhek gaan.'
'Het signalement van die man?'
'Hij was van middelbare leeftijd en had een kaalgeschoren hoofd.'
De Klerck knikte bedachtzaam. De beschrijving riep herkenning op.
'Hij was vroeger bevriend met Maarten van Ravenstein. Toen ze allebei op de middelbare school zaten. Rond de tijd dat de Kleine Keijer verdween.'

Rechercheur De Klerck zat in de roodwit gestreepte fauteuil in de deftige woonkamer. Het werk van Forensische Opsporing en de schouwarts zaten er allang op. Het stoffelijke overschot was weg. Buiten schemerde het. Een enorme kroonluchter boven zijn hoofd zette het vertrek in een helder licht. In de open haard knapperde een aangenaam vuurtje.
Een uur geleden was hij door zijn buurman in de Oude Haven gebeld. Hij had het enige blad van het manuscript onderzocht en de tekst vergeleken met het oeuvre van Geoffrey Parker. De uitslag verbaasde De Klerck niet.
Sinds gisteravond, na zijn gesprek met De Kock, vermoedde hij wat de achtergrond van de moorden was. De derde moord had hem kort van de wijs gebracht. Ze naderden de ontknoping. Een succesvolle afronding hing af van de komende confrontatie. Hij hoopte bij de

dader een bekentenis te ontlokken.
De Klerck zat opzij van de haard. Hij liet zijn blik langs de kring van aanwezigen glijden. In de eerste plaats zag hij, links van hem, de getroffen zus van Maarten van Ravenstein. In haar rolstoel aan de andere kant van de haard huiverde Marloes van Ravenstein ondanks het hoog oplaaiende vuur.
Met de klok mee zaten in luxe, leren fauteuils een doodsbleke Theresia Pijffers, Ruben Klaver en, rechts van De Klerck, Laurette Kasemier. De uitgeefster frunnikte nerveus aan een plooi in haar rok. Twee zitplaatsen, tussen Klaver en Laurette Kasemier, waren nog onbezet.
Een luide bel galmde in de hal.
De Klerck gebaarde naar Klaver om open te doen. De jonge rechercheur kwam terug met Lambert Paternotte. De zwaarlijvige vertegenwoordiger stapte puffend de kamer binnen en poetste met zijn grote zakdoek enkele regendruppels van zijn voorhoofd.
Met drie waggelende stappen stond hij voor Marloes van Ravenstein.
'Gecondoleerd met het verlies van je broer,' sprak hij plechtig. 'Maarten was een dierbare vriend, al zo'n veertig jaar lang.'
Marloes van Ravenstein knikte hem dankbaar toe. Ze gebaarde naar een stoel.
Nu was het wachten op de laatste genodigde. Lang duurde het niet. Bij het weerklinken van de bel sprong Ruben Klaver op. Ditmaal keerde hij naar de woonkamer terug met Brian Jongkind in zijn kielzog. Het kaalgeschoren hoofd van de schrijver glom van het hemelwater. Wat onwennig keek hij het vertrek in.
'Ik… eh, kwam hier vroeger,' begon hij aarzelend. 'Jij bent Marloes, toch?'
Marloes van Ravenstein sloeg haar ogen neer.
Brian Jongkind knikte Lambert Paternotte toe, ten teken van herkenning. De twee vroegere vrienden spraken geen woord.
Toen ook de laatste gast had plaatsgenomen, liet De Klerck opnieuw zijn blik door het vertrek dwalen en tastte daarmee elk gelaat af. Als hij zich niet vergiste, bevond zich een moordenaar of moordenares onder hen.
Hij overwoog of er iets kon misgaan. Een fout kon hij zich niet

veroorloven. Hij had al zijn kaarten op een theorie gezet. Het was geen gok, maar helemaal zeker was hij ook niet. Bovendien twijfelde hij of hij erin zou slagen de dader uit de tent te lokken. Zou de ander koelbloedig blijven of kon hij barsten slaan in dat pantser? Rechercheur De Klerck schraapte zijn keel.
'Ik dank u allen voor uw komst,' begon hij op beminnelijke toon. 'Ik heb u uitgenodigd om de zaak met u door te spreken. Naar ik hoop leidt dit gesprek tot nieuwe inzichten... aanvullingen... aanwijzingen.'
'Kom nou,' protesteerde Lambert Paternotte fel. 'U denkt dat de moordenaar zich onder ons bevindt. Waarom verspilt u onze tijd? Waarom gaat u niet gelijk over tot arrestatie?'
De Klerck glimlachte vriendelijk.
'Ik meen inderdaad dat een moordenaar... of moordenares... zich onder ons bevindt.'
De woorden, bedaard gesproken, sorteerden effect. Tot zijn genoegen zag De Klerck de spanning en het wantrouwen op de gezichten toenemen.
'Wie is het?'
'Als u even geduld met mij hebt, meneer Paternotte, dan kom ik zo op dat punt.'
De vertegenwoordiger schudde onwillig zijn hoofd.
'Ik heb niet de hele avond,' sprak hij geërgerd. 'Ze verwachten me om acht uur op een boekpresentatie in een boekhandel in IJsselmonde.'
De Klerck maakte een sussend gebaar.
'Die presentatie hoeft niet in gevaar te komen.'
De Rotterdamse speurder tastte met zijn blik nog even de gezichten af.
'Afgelopen zondagavond,' ging hij verder, 'werd in het huis hiernaast notaris Ewout van Bokhoven vermoord. In zijn telefoon stond een aantekening. Hij wilde mij spreken met betrekking tot de jonge K. Lang heb ik me afgevraagd wie hij daarmee bedoelde. Kort nadien ontdekte ik dat Van Bokhoven jarenlang een manuscript in bewaring had gehad. Uitgever Stefan le Couvreur had de papieren een dag eerder in ontvangst genomen. Het ging om een manuscript geschreven door Geoffrey Parker.'

Lambert Paternotte schudde korzelig zijn hoofd.
'Ik heb het u al eerder gezegd, zo'n ongepubliceerd manuscript is fictie... een promotiestunt uit de koker van Le Couvreur en Van Bokhoven.'
De Klerck richtte zich tot Laurette Kasemier.
'Wist u dat uw ex zo'n manuscript in bewaring had?'
De uitgeefster van romantische boeken schudde haar hoofd.
'Ziet u wel,' merkte Paternotte triomfantelijk op.
Rechercheur De Klerck keek de vertegenwoordiger indringend aan.
'Of is dat wat u wilt dat ik geloof? Is het manuscript echt... bevat het schadelijke informatie over een oud misdrijf... schadelijk voor u? Of is het geschreven door een ander? Of bestaat het in z'n geheel niet? Is het een stunt, ten gunste van de uitgeverij en haar aandeelhouders? Is Maarten van Ravenstein vermoord omdat hij dat wist?'
De Klerck liet een korte stilte vallen. Tevreden constateerde hij dat iedereen gespannen wachtte op zijn volgende zet.
'Mag ik vragen of er aandeelhouders van Burgman & Pijffers aanwezig zijn?'
'Ik heb een minderheidsaandeel,' zei Theresia Pijffers. 'Maar ik verzeker u dat ik van geen stunt afweet. Stefan had ook een aandeel. Als hij...'
Rechercheur De Klerck onderbrak haar.
'Zijn er andere aandeelhouders?'
'Volgens mij zijn de meeste aandelen in bezit van de familie Van Ravenstein,' sprak Lambert Paternotte aarzelend.
'Klopt dat?' vroeg De Klerck.
Marloes van Ravenstein knikte bleek.
'Wilt u beweren dat het manuscript nooit heeft bestaan?' vroeg zij.
'Volgens mij doet hij dat,' reageerde Lambert Paternotte meteen.
De Rotterdamse speurder keek hem glimlachend aan.
'Een taalkundig wetenschapper van de Erasmus Universiteit heeft het enige resterende blad bestudeerd. Hij is er zeker van dat het manuscript van Geoffrey Parker is. Het is beslist geen stunt, meneer Paternotte.'
'O... eh, dat is fantastisch nieuws.'
Het klonk allesbehalve enthousiast.

'Al enige tijd vroeg ik me af of er een verband bestond tussen de eerste moord en het manuscript,' sprak De Klerck kalm verder. 'Vooral toen iemand het stal. Kort daarop volgde de moord op Stefan le Couvreur, die het manuscript in handen had gehad. Mijn verdenkingen aangaande het manuscript namen toe. Ik sprak mijn goede vriend Barry de Kock, een ervaren verslaggever van het Rotterdams Dagblad. Hij vertelde me over de Kleine Keijer, die bijna veertig jaar geleden verdween. Hier, op de Straatweg, werd Peter Keijer junior voor het laatst gesignaleerd. Was hij, zo vroeg ik me af, de jonge K waarover Ewout van Bokhoven mij had willen spreken? Was het verdwenen manuscript een zogeheten sleutelroman, ging het feitelijk over de jongen… wat hem overkwam… en door wie?'
De Klerck zweeg even, zowel om op adem te komen als voor het effect. Van onder zijn wenkbrauwen begluurde hij de aanwezigen. Hij zag de angstvallige spanning op ieders gezicht.
'Le Couvreur beweerde,' zette De Klerck zijn monoloog voort, 'dat het manuscript veel stof zou doen opwerpen. Ik geloof hem. Dat manuscript, zo concludeer ik, vormt voor iemand een serieuze bedreiging. Een bedreiging die moet worden bezworen met een serie moorden. De slachtoffers zijn alle personen die kennis van de inhoud namen. Door de diefstal vreesde ik dat de inhoud van het manuscript in nevelen gehuld zou blijven. Vanmiddag bekende Theresia Pijffers mij, in tegenstelling tot wat zij eerder beweerde, de inhoud van het manuscript te kennen.'
De uitgeefassistente knikte bleek.
'Na de ruzie met Ewout van Bokhoven bracht Stefan me op de hoogte. Hij had hoge verwachtingen van het manuscript. Hij verwachtte een grote rel.'
'Gaat het over de Kleine Keijer?'
'In zekere zin,' sprak ze onzeker. 'Het verhaal is geplaatst in een Amerikaanse setting… Chicago… met Don Fernando als hoofdpersoon. Hij onderzoekt de verdwijning van een meisje, de kleine Tosca.'
De Klerck glimlachte.
'Wie zijn verantwoordelijk voor haar verdwijning?'
Theresia Pijffers slikte.
'Drie vrienden.'

Lambert Paternotte stoof op.
'Dit is bespottelijk,' riep hij fel, woest. 'Dat ik in die tijd bevriend was met Maarten van Ravenstein en Brian Jongkind, wil niet zeggen dat ik de hand had in de verdwijning van Peter Keijer. Wat kon Geoffrey Parker daarvan weten? Hij was die dagen niet eens in Rotterdam.'
'Waarom herinnert u zich dat detail zo goed?'
'Omdat... omdat...'
Lambert Paternotte zweeg met neergeslagen ogen.
Rechercheur De Klerck richtte zich tot Brian Jongkind.
'Uw vriendschap met Maarten van Ravenstein en Lambert Paternotte verwaterde al begin jaren tachtig. Wat was daarvan de oorzaak?'
'We groeiden simpelweg uit elkaar,' antwoordde Jongkind met neergeslagen blik.
'Vanwege de Kleine Keijer, die rond dezelfde tijd verdween?'
De schrijver bewoog zich ongemakkelijk in zijn stoel en zweeg.
De Klerck richtte zich nu tot Marloes van Ravenstein.
'Uw stiefvader schreef in bedekte termen over de verdwijning van Peter Keijer. Wat liet hij in die dagen erover los?'
Marloes van Ravenstein kneep in de hoepels.
'N-niets.'
Er viel een korte stilte.
'Wie stal het manuscript uit het bureau van Stefan le Couvreur?' vroeg De Klerck retorisch. 'Die dag waren er drie bezoekers die het konden wegnemen: Maarten van Ravenstein, die inmiddels ook is vermoord, Marloes van Ravenstein en Brian Jongkind. Stefan le Couvreur wees, enkele uren voor zijn dood, de beschuldigende vinger naar u, meneer Jongkind.'
Met hoog opgetrokken wenkbrauwen en aanklagende ogen keek De Klerck Brian Jongkind aan. De kale schrijver schudde zijn hoofd.
'Ik was het niet,' sprak hij luid. 'Ik wist niet eens dat het bestond.'
'Weet u wat ik denk, meneer Jongkind? Dat Van Bokhoven in zijn agenda niet verwees naar de Kleine Keijer. Met de jonge K bedoelde hij u. Hij las het manuscript en moest direct aan u denken.'
Brian Jongkind schudde zijn hoofd opnieuw, wilder.
'Dat is een boude bewering,' stribbelde hij tegen. 'Die kunt u niet

hardmaken.'
'Hij was het,' viel Paternotte zijn vroegere vriend nu aan. 'Maarten van Ravenstein belde me gisteren op. Maarten was door Stefan le Couvreur in kennis gesteld, direct nadat de moord op Ewout van Bokhoven bekend werd. Le Couvreur onthulde hem dat het manuscript over ons ging. Wij... Maarten, Brian en ik... hebben de hand gehad in de verdwijning van Peter Keijer. Ik denk dat Maarten gisteren ook Brian heeft gebeld. Brian besloot dat hij Maarten het zwijgen moest opleggen.'
Brian Jongkind sprong met een ijzige kreet op.
'Dat is een leugen,' schreeuwde hij. Met een wijsvinger priemde hij naar Paternotte. 'Je probeert het op mij af te schuiven, maar jullie hebben die verdwijning georkestreerd. Ik zag in die dagen een kant van jullie die me niet aanstond. Daarom wilde ik geen contact meer. Goor stelletje sadisten.'
Lambert Paternotte snoof verachtelijk.
'Leugens.'
Het leek alsof de twee vroegere vrienden elkaar te lijf wilden gaan. Rechercheur De Klerck maande beide heren tot rust. Toen ze allebei met verhitte koppen in hun fauteuil waren teruggezakt, wendde hij zich tot Brian Jongkind.
'Ik heb de telefoongegevens van Maarten van Ravenstein opgevraagd,' onthulde De Klerck. 'Hij pleegde gisteren inderdaad twee telefoontjes. Eerst belde hij Lambert Paternotte, daarna u.'
'Nou, en?'
'Getuigen zagen u gisteravond,' ging De Klerck verder. 'U ging door het tuinhek, om achterom te lopen. Een opmerkelijke route gezien het feit dat al lang geleden uw contact met Maarten van Ravenstein verwaterde. Vanochtend troffen wij de tuindeuren opengebroken aan. Er stonden duidelijke vingerafdrukken op het hout. Ik voorspel dat ze met uw vingers zullen matchen, meneer Jongkind. Waarom geeft u uw schuld niet toe?'
Dit keer volgde er een ijzig stilzwijgen van de kaalgeschoren schrijver.
'Zie je wel, hij is schuldig,' ging Paternotte verder. 'Hij heeft die verachtelijke moorden gepleegd. Van mij mag je de rest van je leven in de cel rotten, Brian.'
Verwoed schudde Brian Jongkind zijn kaalgeschoren hoofd.

'Niet waar, niet waar! Ik ben onschuldig.'
Rechercheur De Klerck kwam overeind en stapte met dreigende blik op Jongkind af. Uit zijn broekzak trok hij handboeien tevoorschijn.
'Ik wil dat u meekomt naar het bureau. Als u niet meewerkt...'
Hij stak de boeien demonstratief omhoog.
'Brian is inderdaad onschuldig,' sprak nu een andere stem ter verdediging.
Het was Marloes van Ravenstein. Haar handen omknelden krampachtig de hoepels van haar rolstoel. Met een lijkbleek en een verstard gezicht keek ze naar rechercheur De Klerck op.
'Brian is onschuldig aan de moord op mijn broer,' herhaalde ze. 'Ik heb Maarten vermoord. Ik kon niet anders.'
De Klerck wendde zich tot haar en knikte haar bemoedigend toe.
'Ik weet het,' sprak hij in alle kalmte. 'Ik wilde het alleen uit uw eigen mond horen.'

17.

'Ik heb het niet zien aankomen,' sprak Ruben Klaver bewonderend. 'De hele tijd verwachtte ik dat je een van de twee vrienden zou beschuldigen. Brian Jongkind moest het wel zijn. Even dacht ik dat je hem in je fuik had.'
Ze zaten in het gezellige visrestaurant van Reindert Post aan het Gelderseplein. Het was kort na sluitingstijd en alle gasten waren vertrokken. De zalige geur van vers gebakken vis walmde nog uit de tot kombuis omgebouwde keuken.
Lucien de Klerck leunde voldaan achterover op zijn stoel. Zijn vrouw Annie had, met assistentie van de vriendelijke Urker Post, zichzelf overtroffen. Tegenover hem zaten Ruben Klaver en zijn vrouw Josina. Zelfs de eerste scheen tevreden. Zijn collega was geen visliefhebber, maar dat zou nog wel veranderen.

De Klerck schoof zijn bordje van zich af.
'Ik vermoedde dat Brian Jongkind haar had geholpen,' sprak hij glimlachend. 'Ik rekende erop dat zij hem op haar beurt zou helpen als ik hem in het nauw dreef.'
'Waarmee geholpen?'
'Met het verschaffen van een alibi. Hij was degene die haar opsloot en de traplift onklaar maakte. Daardoor leek het onmogelijk dat zij de moord had gepleegd.'
Annie de Klerck legde haar hand op zijn arm.
'Je vergeet dat wij bijna niets weten,' sprak ze bestraffend. Met een ronddraaiend handgebaar beduidde zij zichzelf, Josina Klaver en Reindert Post. 'Wat ik niet begrijp, is hoe die vrouw al die moorden pleegde. Stefan le Couvreur woonde toch op een bovenetage? Was er een lift?'
De Klerck schudde zijn hoofd.
'Alleen een trap.'
De blonde Josina Klaver hief vertwijfeld haar handen.
'Maar hoe kan dat? Ze zit toch in een rolstoel? Of kan ze toch lopen?'
De Klerck glimlachte.
'Marloes van Ravenstein heeft de moord op haar broer bekend. Voor de andere moorden is zij niet verantwoordelijk.'
'Wat?' klonk het verbijsterd uit drie kelen tegelijk.
'Wie pleegde die moorden dan?' vroeg Annie de Klerck.
Haar man grijnsde breed.
'Om die vraag te beantwoorden, moeten we terug in de tijd. In 1983 overleed pulpschrijver Geoffrey Parker, misschien wel de succesvolste schrijver die Rotterdam heeft gekend. Een paar jaar voor zijn dood verdween de Kleine K, Peter Keijer uit Bergschenhoek. Hij werd voor het laatst op de Straatweg in Hillegersberg gezien. Wat zich daar afspeelde, heb ik van Brian Jongkind en Lambert Paternotte te horen gekregen, aangevuld door wat Marloes van Ravenstein erover kon vertellen.'
De Klerck pauzeerde even en nam een slok witte wijn.
'Peter Keijer was op de vlucht omdat zijn ouders wilden verhuizen,' hielp Klaver zijn collega op weg.
De Klerck knikte instemmend.

'Peter wilde naar zijn grootmoeder. De Kleine K kende de weg in Rotterdam niet. Hij raakte de kluts kwijt. Toen kwam hij drie scholieren tegen. Die schoten hem te hulp. Ze namen hem mee naar het huis van Maarten van Ravenstein omdat zijn moeder en stiefvader enkele dagen van huis waren. Peter Keijer wilde niet terug naar Bergschenhoek en daarom boden de drie hem zolang een onderduikadres aan, terwijl zij de grootmoeder zochten.'
'Deden ze hem geen kwaad?' vroeg Annie de Klerck verrast.
'Dat was nooit hun bedoeling. Maar het verliep anders. De verdwijning van Peter Keijer kwam groot in het nieuws. De politie hield rekening met ontvoering of het werk van een kinderlokker. Maarten van Ravenstein, Brian Jongkind en Lambert Paternotte zaten klem. Ze hielden de jongen verborgen voor de jonge Marloes. Noodgedwongen sloten ze de kleine Peter op in het torenspitsje, boven de slaapkamer van Maarten van Ravenstein. Zodra ze de grootmoeder van de jongen vonden, zouden ze hem laten gaan. Maar de Kleine Keijer kende niet de achternaam van zijn grootmoeder.'
'Omdat hij haar altijd aansprak met grootmoeder of oma?' raadde Josina Klaver.
De Klerck knikte.
Reindert Post tikte met een nagel op de tafel.
'Dan was zij zeker de moeder van zijn moeder?' vroeg hij.
'Daar spitste hun probleem zich op toe. Dagen gingen voorbij. Peter Keijer werd rusteloos. Hij begon zijn ouders te missen. Maarten van Ravenstein wilde hem niet laten gaan, uit angst voor de gevolgen. Hij had al moeite genoeg de aanwezigheid van de jongen voor zijn zusje te verbergen. Maarten bedreigde de jongen en deed hem pijn, om hem te beduiden zich koest te houden. Marloes hoorde desondanks in de stilte van de nacht gehuil. De volgende dag vroeg ze Maarten waarom hij zo verdrietig was geweest. Hij ontkende. De volgende nacht werd Marloes opnieuw wakker. Er was boven een enorm kabaal. Ze hoorde gekerm... gesmeek... de snauwende stem van Maarten... gevolgd door intense stilte.'
De Klerck zweeg enkele ogenblikken, geëmotioneerd.
'Hij vermoordde hem?' vroeg Annie geschokt.
De Klerck knikte.
'Marloes van Ravenstein vermoedde het,' ging hij verder. 'Ze hoor-

de korte tijd later haar broer op de trap zwoegen met iets. Even later hoorde ze een motor starten. Het motorjacht van de familie. Twee uur daarna legde haar broer weer aan.'
'Wat zei Maarten dan tegen zijn vrienden?'
'Dat er een ongeluk was gebeurd. Peter Keijer zou zich uit het torenspitsje hebben bevrijd, op het dak een misstap hebben gemaakt en te pletter zijn gevallen. Lambert Paternotte heeft dat altijd geloofd. Brian Jongkind had twijfels.'
'Vandaar dat hij geen contact meer wilde,' zei Ruben Klaver.
'Precies.'
'En Marloes van Ravenstein?' vroeg Josina Klaver.
'Toen haar stiefvader naar Hillegersberg terugkeerde, vertelde ze hem over haar vermoedens. Hij vroeg haar erover te zwijgen. Dat hij er een boek over schreef, heeft zij nooit geweten.'
Josina Klaver fronste haar wenkbrauwen.
'Kon hij niet beter aangifte doen?' vroeg ze.
'Wat zich in huize Van Ravenstein afspeelde, valt niet meer te reconstrueren,' sprak De Klerck somber. 'Ik denk dat Geoffrey Parker zijn stiefzoon erop aansprak en dat Maarten van Ravenstein weigerde zich aan te geven. Wellicht vond hij dat hij niet verantwoordelijk was voor de dood van Peter Keijer. Hoe dan ook, Geoffrey Parker besloot de zaak in de doofpot te stoppen omwille van zijn vrouw, de moeder van Maarten. Hij wilde haar het leed van een publieke vernedering onthouden. Hij voelde zijn eigen levenseinde naderen. Zijn laatste manuscript moest de zaak na de dood van zijn vrouw rechtzetten.'
'Vandaar dat hij in zijn testament liet vastleggen,' legde Ruben Klaver uit, 'dat het manuscript pas een jaar na haar dood aan de uitgever ter hand gesteld mocht worden. De notaris, tevens de executeur-testamentair, was zijn buurman. De vader van Ewout van Bokhoven.'
De Klerck knikte.
'Afgelopen zaterdag opende Ewout van Bokhoven de kluis in zijn woning. Hij kon zijn nieuwsgierigheid niet bedwingen. Dat werd zijn dood. Hoewel het verhaal zich in Amerika afspeelt, herkende hij het als een sleutelroman... een roman over bestaande personen onder gefingeerde namen. Hij voorzag de gevolgen van publicatie voor zijn buren. In overeenstemming met het testament overhandigde hij het manuscript aan de uitgever. Bij hem drong hij erop aan het niet

te publiceren. Uitgever Stefan le Couvreur rook juist een buitenkans. Het boek zou veel stof doen opwaaien.'

Ruben Klaver grijnsde.

'Ten faveure van zijn verliesdraaiende onderneming.'

De Klerck knikte instemmend.

'Precies. De twee maakten ruzie. Le Couvreur eiste dat Van Bokhoven zijn mond zou houden. De notaris hield dat één dag vol. Op zondag belde hij de buren. Hij waarschuwde Maarten van Ravenstein dat het manuscript schadelijk voor hem was. Indirect tekende hij daarmee een dubbel doodvonnis.'

'Dus Maarten van Ravenstein heeft Van Bokhoven en Le Couvreur vermoord?' vroeg Annie de Klerck.

De Klerck liet een diepe zucht ontsnappen.

'Ja. Ik kreeg hem op het laatst in het vizier. Ook Ruben zat op dat spoor. De dood van Van Ravenstein heeft me korte tijd op het verkeerde been gezet.'

Reindert Post boog zich wat naar voren.

'Waardoor had je hem in het vizier?' vroeg hij belangstellend.

'Het was eigenlijk heel eenvoudig. De dader moest aan bepaalde eisen voldoen. Ten eerste hadden beide slachtoffers hem ontvangen en vertrouwden ze hem, dronken een glas wijn, aten een hartig hapje, waardoor hij hun ongemerkt een slaapmiddel kon toedienen. De meeste verdachten stonden niet met beide slachtoffers op goede voet. Laurette Kasemier... Frans Kreemer... Brian Jongkind... vielen om die reden af.'

'Maarten van Ravenstein niet,' vulde Klaver aan, 'want hij was de buurman en het tennismaatje van het eerste slachtoffer en hij kende de uitgever door de literaire nalatenschap van zijn stiefvader.'

'Precies.' De Klerck knikte goedkeurend. 'De dader scheen ook te weten dat het eerste slachtoffer zijn vrouw Laurette ontrouw was. Maarten, als buurman, wist dat. Hij gebruikte dat gegeven om ons met de pulproman van Peter Roylott op het verkeerde been te zetten. Hij wist ook dat Le Couvreur Laurette op Facebook treiterde, dat vertelde ze hem zelf. Daarom herhaalde hij het trucje bij de tweede moord en de pocket van Rosina Tarne. Ten derde, als de moordenaar ook de dief was van het manuscript, dan viel bijna elke verdachte af, behalve Maarten van Ravenstein. En dan is er nog iets.'

De Klerck pauzeerde even. Hij nam een slok wijn.
'Wat dan?' vroeg zijn vrouw ongeduldig.
De Rotterdamse speurder zette het glas terug.
'Het sadistische plezier dat de moordenaar aan de moorden beleefde, alsof het voor hem een spel was. Ik kon dat met weinig verdachten verenigen, behalve met Stefan le Couvreur en een playboy als Maarten van Ravenstein. Zijn zus bevestigde dat beeld. Volgens Marloes heeft Maarten altijd nare karaktertrekjes gehad, aangejaagd door de zieke fantasieën van de pulpromannetjes uit haar stiefvaders collectie. Maarten was een fervente lezer. Hij droomde ervan de slechterik van het pulpverhaal te zijn.'
Ruben Klaver keek zijn leermeester geamuseerd aan.
'Dus jouw pulpromannetjes zijn toch schadelijk?' vroeg hij.
De Klerck lachte wat schaapachtig.
Josina Klaver trok de aandacht.
'En hij vermoordde Van Bokhoven en Le Couvreur omdat zij beiden de inhoud van het manuscript kenden?' vroeg ze.
'Ja. Ik vermoed dat hij daarom ook Laurette Kasemier bezocht, zogenaamd om haar een hart onder de riem te steken na de eerste moord. Hij had gezien dat Laurette haar ex bezocht en wilde weten of Van Bokhoven iets over het manuscript had losgelaten.'
Reindert Post sperde zijn ogen open.
'Dus als Van Bokhoven haar over de inhoud had verteld,' reageerde hij geschokt, 'zou Maarten van Ravenstein Laurette ook hebben omgebracht?'
'Ja, dat vermoed ik.'
'De schoft!'
'Had Marloes vanaf het begin in de gaten dat haar broer de moordenaar was?' vroeg Josina Klaver.
'Ze vermoedde het. De dood van Ewout van Bokhoven greep Marloes van Ravenstein erg aan. Zij had jarenlang een oogje op de zwierige notaris gehad. Ze merkte hoe luchtig haar broer over de moord deed. Hij maakte ons attent op het bezoek van Laurette Kasemier aan haar ex. Haastig beweerde Marloes dat Laurette vroeg op de avond vertrok.'
Ruben Klaver grinnikte.
'Omdat jij haar vertelde dat Van Bokhoven laat op de avond was

vermoord. Zij wilde dat we onze aandacht niet op Laurette Kasemier vestigden. Zij had door dat Maarten de uitgeefster voor de moord wilde laten opdraaien.'

'Zoals hij ook deed met die pockets, over een overspelige vrouw en een treiterende ex,' reageerde De Klerck bevestigend. 'Maarten van Ravenstein had de bibliotheek met pulpromans van zijn stiefvader geërfd, daar komen die boeken uit. En Laurette was jarenlang zijn buurvrouw, zo kwam hij aan de zilverkleurige Parkers.'

'Was die opmerking over Laurette haar enige aanwijzing?'

De Klerck schudde zijn hoofd.

'Marloes van Ravenstein gebruikt sinds de dood van haar moeder slaappillen. Ze merkte na de moord dat er een paar ontbraken. Dezelfde ontdekking deed ze na de moord op Stefan le Couvreur. Door het opduiken en verdwijnen van een ongepubliceerd manuscript van haar stiefvader kon ze de toedracht raden. In de slaapkamer van haar broer vond ze bewijs: Parkers met donkerroze inkt en een hamer. Ze riep haar broer ter verantwoording.'

Reindert Post leunde wat naar voren.

'En dat resulteerde in de derde moord?' vroeg hij.

De Klerck knikte met een somber gezicht.

'Hij dreigde haar om te brengen als ze uit de school klapte. Hij kreeg een blik in de ogen waarvoor Marloes terugdeinsde. De blik van een waanzinnige. Ze zag geen andere uitweg. Ze vond dat haar broer moest boeten... met gelijke munt worden betaald. Na haar daad stortte ze in... volledig apathisch... in shock. Zo vond Brian Jongkind haar. Hij moest de tuindeuren openbreken om bij haar te komen. Hij bracht haar naar boven... sloot haar op... vernielde de traplift, zodat zij onschuldig zou lijken.'

Annie de Klerck keek haar man vragend aan.

'Waarom kwam Jongkind eigenlijk?'

'Dat heeft Maarten van Ravenstein zelf veroorzaakt. Doordat wij vragen stelden, vreesde hij verdacht te worden. Hij dacht een duivels, sluw spel te spelen. Na de moord op Stefan le Couvreur belde hij Brian Jongkind en Lambert Paternotte. Hij beweerde dat de uitgever hem ná de eerste moord had ingelicht over de explosieve inhoud van het manuscript.'

Annie de Klerck knikte waarderend.

'Waardoor het leek alsof hij onschuldig was.'
'Juist, Annie,' sprak De Klerck goedkeurend. 'Alsof hij voor de eerste moord geen motief had... alsof hij toen nog van niets wist. Tegenover Jongkind suggereerde hij dat Lambert Paternotte de dader zou kunnen zijn, tegenover Paternotte deed hij het tegenovergestelde. Jongkind vertrouwde het zaakje niet. Hij kwam naar Hillegersberg om poolshoogte te nemen. Net als vroeger, toen hij met Maarten van Ravenstein bevriend was, ging hij achterom.'
'Waar hij Marloes van Ravenstein bij het derde lijk ontdekte,' vulde Ruben Klaver aan. 'Wat ik alleen niet begrijp, is dat jij ineens haar rol doorzag.'
Rechercheur De Klerck glimlachte.
'Mij vielen de discrepanties... de tegenstellingen... de verschillen op. Oppervlakkig beschouwd leken de drie moorden identiek. Het slachtoffer liet de dader binnen, zat kennelijk eerst rustig met hem te praten, werd gedrogeerd en vermoord. Zo leek het ook bij de derde moord. Maarten van Ravenstein zat relaxed onderuit, alsof hij de moord niet zag aankomen.'
Josina Klaver hief haar handen.
'Wat zijn dan de... eh, discrepanties?'
'Het verschil dat het meest in het oog liep, figuurlijk gesproken, waren de tuindeuren. Die waren geforceerd... opengebroken. Dat kon ik niet rijmen met de eerste moorden. Het breekwerk wekte de indruk dat Maarten van Ravenstein was overrompeld. Maar had de moordenaar dan wel gelegenheid zijn slachtoffer onverhoeds een slaapmiddel toe te dienen? Het leek me onmogelijk... ondenkbaar zelfs. Degene die van buiten kwam, was de dader niet.'
'En verder?' vroeg Annie de Klerck.
'Een ander verschil liep ook in het oog, letterlijk. Bij de eerste moorden sloeg de dader een pen door het linkeroog. Bij Maarten van Ravenstein koos de dader het rechteroog. Ik vond nog een verschil. Bij de eerste moorden lag er een pocketboek naast het slachtoffer. Bij de moord op Maarten van Ravenstein zocht ik er vergeefs naar. Week de dader bewust van zijn modus operandi af, of had ik van doen met een imitator, iemand die niet alle feiten kende?'
'Hoe kwam je dan op Marloes van Ravenstein uit?' vroeg Klaver. 'Het leek juist alsof zij onschuldig was. Iemand had haar opge-

sloten en de traplift onklaar gemaakt.'
'Het was de overdaad,' legde De Klerck uit. 'Eén van de twee maatregelen was voldoende geweest. Ik besefte dat het doel was haar onschuldig te doen lijken. Ik kon gemakkelijk raden wie haar medeplichtige was.'
Ruben Klaver grijnsde.
'Brian Jongkind.'
'Daarom hield ik de bijeenkomst. Ik wilde zien hoe zij zou reageren als Brian Jongkind binnenkwam. Formeel hadden ze elkaar al jaren niet gezien. De twee deden krampachtig alsof ze elkaar nauwelijks nog herkenden. Toen wist ik genoeg.'
'En Theresia Pijffers hielp je daarbij, heb ik dat juist?'
De Klerck knikte glunderend.
'Dat was een list. Ze beweerde dat ze de inhoud van het manuscript toch kende. Daardoor kon ik Jongkind in het nauw brengen en Marloes van Ravenstein uit de tent lokken.'
'Ik begrijp één ding nog niet,' sprak Klaver peinzend. 'Hoe wist ze op welke wijze haar broer de eerste twee moorden pleegde?'
De Klerck glimlachte.
'Dat heb ik me ook afgevraagd. Toen ik haar inlichtte over de dood van haar broer, vroeg ze gelijk of hij op dezelfde wijze was vermoord als de anderen. Ze bedoelde de zilverkleurige Parkers van Laurette Kasemier. Hoe wist ze dat?'
'Door de vondst van de Parkers in zijn slaapkamer?' raadde Reindert Post.
De Rotterdamse speurder schudde zijn hoofd.
'Ze was niet de enige die met deze kennis rondliep. Theresia Pijffers wist ook dat de moordmethode bij de eerste twee moorden identiek was. Dat van de Parker kon zij alleen weten van Laurette Kasemier, die Stefan le Couvreur vond en haar eigen Parker herkende.'
'Hebben Laurette en Theresia contact gehad?' veronderstelde Klaver.
'Ja. Ze hebben het beiden toegegeven. Theresia Pijffers heeft op haar beurt Marloes van Ravenstein ingelicht. Zij vond dat de stiefdochter van Geoffrey Parker moest weten dat de uitgever dood was… vermoord. De vondst van de Parkers bevestigde daarna alleen het vermoeden. Het bezegelde het lot van Maarten van Ravenstein.'

Josina Klaver liet een diepe zucht ontsnappen.
'Ik vind het een afgrijselijke, macabere zaak,' sprak ze huiverend. 'Ik hoop niet dat ik er nachtmerries van krijg.'
Reindert Post zwaaide om aandacht.
'Heb je het manuscript nog gevonden?' vroeg hij.
De Klerck schudde mistroostig zijn hoofd.
'Dat is, naar ik vermoed, voorgoed verloren gegaan.'
De vrienden bleven nog enige tijd praten. Het onderzoek naar de afgeschreven doden verdween geleidelijk naar de achtergrond. Eerst namen Ruben en Josina Klaver afscheid, daarna bromde Post dat hij wilde afsluiten voor de nacht.
Lucien de Klerck trok zijn waxjas aan en slenterde met zijn vrouw terug naar hun historische motorboot in de Oude Haven. Beneden, in de gezellige woonkamer, draaide Annie zich om naar haar man.
'Ga je het nog doen?'
'Wat?'
'Het manuscriptje van ons buurmeisje lezen?'
De Rotterdamse speurder glimlachte geheimzinnig.
'Ze heeft me het begin al laten lezen. Het is een kinderboek. Ik vond het verrassend goed geschreven. Het gaat over een Rotterdamse rechercheur, herkenbaar aan zijn waxjas.' De Klerck glimlachte gevleid. 'In het jeugdige brein van ons buurmeisje ben ik onverslaanbaar.'
Annie de Klerck keek bewonderend naar hem op. Kuiltjes verschenen in haar wangen.
'Dat ben je tot nu toe toch ook?'
'Voor Rotterdam hoop ik dat het zo blijft. Voor mezelf ook.' De Klerck grijnsde plots kwajongensachtig. 'Zolang ik de volle score haal, zal commissaris Hakkel mij niet... eh, afschrijven.'

P. Dieudonné - *Rechercheur De Klerck en het doodvonnis*

Ondernemer Bart Bovend'Eerdt komt naar het hoofdbureau om een misverstand recht te zetten. Terwijl hij op zakenreis was, is iemand zijn kantoorpand heimelijk binnengedrongen, een gebeurtenis die door een verborgen camera is vastgelegd. Na weken speuren heeft De Klerck een verdachte vastzitten. Volgens Bovend'Eerdt is er sprake van een misverstand en zit de verdachte onschuldig vast. Hoewel hij grote bedenkingen heeft, laat De Klerck op aandringen van Bovend'Eerdt de verdachte los. De ondernemer en de verdachte verlaten gezamenlijk het politiebureau. Een uur later komt er een ontstellend bericht. Bart Bovend'Eerdt heeft zichzelf opgehangen aan de Erasmusbrug. Hij liet op zijn kantoor een afscheidsbriefje achter. Maar is het wel een vrijwillige zelfmoord? De Klerck en zijn assistent Ruben Klaver zitten met tal van onbeantwoorde vragen, maar commissaris Hakkel wil dat ze de zaak afsluiten.

“Alles in deze aangenaam lichtvoetige politieroman ademt de sfeer van Baantjer. (...) Op naar het volgende deel van deze Rotterdamse Baantjer.” – Detective en Thrillergids

P. Dieudonné - *Rechercheur De Klerck en de ongrijpbare dood*

Op een winterochtend, als een dichte mistbank Rotterdam versluiert, fietst De Klerck door Delfshaven. Bij een woning aan de Voorstraat ziet hij een surveillancewagen. Er is juist een moordslachtoffer gevonden. Althans, dat beweert de schoonmaakster die het alarmnummer belde. De Klerck betreedt het pand. Tot zijn verbijstering breekt er op dat moment een hevige brand uit. Als de brandweer de brand heeft bedwongen, kan niemand een lijk of een brandstichter vinden. Was er wel een moord, of zijn melding en brand een macabere grap? De Klerck en Klaver staan voor raadsels die lastig zijn op te lossen.

Rechercheur De Klerck en de ongrijpbare dood is het derde deel in een serie over De Klerck en de Rotterdamse recherche.

"Prettig leesbaar verhaal met veel dialoog, waarin alle lijntjes op uitstekende wijze aan het eind van het verhaal bij elkaar zijn gebracht. Mooie Rotterdamse sfeertekening. Prima plot met verrassende ontknoping. Aanwinst voor Baantjer-fans." – Nederlandse Bibliotheekdienst Biblion

P. Dieudonné - *Rechercheur De Klerck en het lijk in transito*

Op het Rotterdamse hoofdbureau van politie doet ondernemer Alexander van Oldenborgh aangifte van bedreigingen door een oud-werknemer. Het verwondert De Klerck dat die bedreigingen zouden voortkomen uit een ontslag van dertig jaar geleden. Hij vermoedt dat er iets anders speelt, maar kan zijn vinger er niet achter krijgen. Dan krijgen hij en Klaver een melding binnen. Bij een schietpartij op de straat voor een seksclub is een dode gevallen: een werknemer van Alexander van Oldenborgh! De moord blijkt het begin van een uiterst lastige zaak die De Klerck vertwijfeld doet afvragen of hij haar ooit zal oplossen.

“Het lijkt erop dat P. Dieudonné elk jaar twee boeken over de Rotterdamse rechercheur De Klerck wil publiceren. Dat valt alleen maar toe te juichen. Niet alleen omdat hij daarmee nog meer in de voetsporen treedt van zijn grote voorbeeld Appie Baantjer, maar vooral omdat Dieudonné vlot leesbare, ingenieus opgezette en verrassende politieromans schrijft, waarvan je er jaarlijks wel meer wilt lezen. Gelukkig is deel vier *Rechercheur De Klerck en het lijk in transito* er nu.” – Detective & Thrillergids

P. Dieudonné - *Rechercheur De Klerck en moord in scène*

Na de vondst van een geladen pistool staan De Klerck en Klaver aan het begin van een netelige zaak. Twee groepen jongeren vechten een jarenlange vete uit. Aan het hoofd van de groep uit Rotterdam-Zuid staat Yunus Özütok, van het rapcollectief Leftbank Militia. Uit Rotterdam-Crooswijk komen Da Rotting Thugz van Robin Breidenbach. De rivaliserende groepen verheerlijken in hun raps seks en geweld. Als de politie het lijk van Robin Breidenbach uit de Nieuwe Maas vist, lijkt het erop dat het bezongen geweld in praktijk is gebracht. Da Rotting Thugz wijzen de beschuldigende vinger naar Zuid. Of komt de moordenaar toch uit de eigen gelederen?

Rechercheur De Klerck en moord in scène is het vijfde deel in een detectiveserie over Lucien de Klerck en zijn assistent Ruben Klaver van de Rotterdamse recherche.

"Opnieuw een spannend en goed uitgewerkt verhaal (...) Ik kijk al weer uit naar deel 6 in deze mooie reeks."
– De Oude BLZ

Anne van Doorn - *De man die zijn geweten ontlastte*

Najaar 1983 liep Tessa Verwold weg uit een christelijke woongemeenschap in Hooglanderveen. Zij werd gezien als de aanstichtster van een bijna dodelijke vechtpartij in de Amersfoortse binnenstad. Na haar verdwijning is de jonge vrouw echter nooit meer gezien. Zomer 2018 meldt een man zich bij recherchebureau Research & Discover in Leiden. Hij is stervende en wil een bekentenis afleggen. Maar na zijn dood ontdekt rechercheur Robbie Corbijn samen met zijn assistente Lowina de Jong dat de man heeft gelogen. Wat is het ware verhaal van de verdwijning van Tessa Verwold en wie is daarvoor verantwoordelijk? De twee speurders worstelen zich door een web van leugens, intriges en moord!

"Een vlot geschreven, toegankelijke detectiveroman van klassieke snit" – Biblion

"*De man die zijn geweten ontlastte* is zonder twijfel de sterkste bijdrage aan deze serie" – Beneath the Stains of Time

"Een steengoede detectiveroman" – P. Dieudonné

M.P.O. Books - *De bloedzuiger*

Het is de nachtmerrie van elke ouder. Het overkomt Peter en Antoinette. Altijd hebben ze hun vijftienjarige dochter op het hart gedrukt niet alleen over het fietspad door het bos te fietsen, op weg van huis naar school en andersom. Ze hebben haar gezegd niet van de route af te wijken en voor het donker thuis te zijn. Maar hun dochter heeft de goede raad in de wind geslagen en het is mis gegaan. Rechercheur Petersen krijgt de opdracht uit te zoeken wie verantwoordelijk is voor dit drama. Maar ondertussen heeft hij zelf heel wat aan het hoofd door de komst van een nieuwe collega die niet echt in zijn team past.

"Deze vakkundige thriller, enigszins in de Scandinavische traditie, heeft een rijke cast aan voornamelijk sympathieke bijfiguren en een ingenieuze plot." – Biblion

"Bram Petersen in een glansrol." – Detective en Thrillergids

"Dit boek is spannender dan alle politieseries op de Nederlandse televisie. Aanrader dus!" – Fancy

M.P.O. Books - *Gedragen haat*

Wat begint als een brute ontvoering op de parkeerplaats van een supermarkt in Doorn, mondt uit in een duizelingwekkende jacht op de ontvoerder zelf. Rechercheur Bram Petersen van district Heuvelrug krijgt opdracht om in alle stilte het onderzoek te leiden. Het spoor loopt al snel naar Wijk bij Duurstede. Maar Petersen is beperkt in zijn mogelijkheden om in te grijpen, uit angst dat de jongeman die ontvoerd is gevaar loopt. Tegelijkertijd verlopen de zaken in zijn rechercheteam niet allemaal meer zo soepel als voorheen. De belangrijkste oorzaken zijn John van Keeken, die rigoureuzer wil optreden, en de relatieproblemen van Ronald Bloem, de vaste assistent van Petersen.

"De lezers hebben alle reden om de auteur te bedanken, want dit is een keurige thriller over het inmiddels bekende politieteam van bureau Heuvelrug." – Detective en Thrillergids

"De plot kan menig aanwakkerende wind en zelfs storm doorstaan." – De Gelderlander